AF434469

– Chroniques d'un Saint Exorciste 2 –

LA TRAQUE DE CERBÈRE

DANA B. CHALYS
NUMÉRO ÉDITEUR : 978-2-9542429
http://danabchalys.fr

Illustration de couverture : Sedenta Kernan
ISBN : 979-10-96365-05-0

DANA B. CHALYS

~ Chroniques d'un Saint Exorciste 2 ~

LA TRAQUE DE CERBÈRE

Ceci est une fiction. Toute ressemblance avec des personnes existantes ou ayant existé serait tout à fait fortuite.
De même, les discours, les actes et les idéologies rattachés aux différents protagonistes ou institutions religieuses cités ne sauraient être qualifiés de réels et pris comme tels car relevant de l'imagination de l'auteur.

CHAPITRE 1

Nathan – Saint Exorciste
Chevalier de l'ordre de Saint-Jean de Jérusalem

Je marchais à côté de Père Luc le long d'un vaisseau annexe de la basilique Saint-Sernin de Toulouse. Nos voix réduites à des murmures peinaient à monter jusqu'à la voûte de la nef malgré l'endroit désert en raison de l'heure matinale. Je préférais rester discret compte tenu du sujet de notre conversation.

Les Hospitaliers et moi avions contré la Marque des Cinq voilà plus de deux semaines. Alors que Dominique, le père possédé de la dernière gamine exorcisée, était en train d'ouvrir l'une des six portes principales de l'Enfer, il avait laissé échapper une information qui me tracassait depuis. J'étais ici pour en parler avec le seul Hospitalier qui m'appréciait.

— Es-tu vraiment certain que ce sont ses paroles exactes ? insista Père Luc.

— J'étais à moitié mort, malgré tout j'en suis certain. Il a bien laissé entendre que si Cerbère n'avait pas empêché la fuite d'autant d'âmes lors de la Marque des Cinq, c'était à cause de l'Ordre.

Père Luc secoua la tête en signe d'ignorance.

— Je suis désolé, je ne vois pas. Mais on me met rarement dans la confidence, tu sais. Pour l'Ordre, je ne suis que le tuteur du Petit Diable, je ne mérite donc aucune confiance.

— Qui pourrait avoir des infos ?

— S'il existe une telle personne, il est à parier qu'elle ne te les donnera jamais par peur que tu passes du côté obscur de la Force et que ton savoir se retourne contre les mortels.

S'il m'arrivait parfois d'oublier que j'avais grandi entouré d'ennemis paranoïaques, j'étais vite rappelé à l'ordre. Sans mauvais jeu de mots...

— Je crois que tu vas devoir te débrouiller par toi-même, ajouta Père Luc.

J'acquiesçai en silence tout en songeant au meilleur moyen de trouver des informations sans me mettre toute l'Église à dos.

— Ne fais rien de stupide, Nathan, m'avertit le *padre* comme s'il avait deviné mes pensées. L'Ordre n'a pas apprécié que tu mettes une raclée à quatre de ses chevaliers et que tu t'échappes de ta cellule.

— En parlant de ça, ils ne t'ont fait aucun reproche ?

— Disons qu'ils m'ont clairement fait comprendre qu'il n'y aurait pas de pardon la prochaine fois. Je te conseille de mener ton enquête de la plus discrète des manières.

De toute façon, sans accès aux informations confidentielles de l'Ordre, mon investigation n'irait pas bien loin. Et Dieu savait que chaque Hospitalier se ferait un plaisir de me mettre des bâtons dans les roues s'il en avait la possibilité.

— Qu'en est-il des trois jeunes gens venus me voir à ton sujet ? demanda soudain Père Luc d'un air qu'il voulut innocent. Tu es toujours en contact avec eux ?

— Non. Ça vaut mieux comme ça.

— Tu ne penses pas que l'association de la fille-chance et du petit archange puisse résister à nos ennemis ?

— Donna et Michaël sont bien là où ils sont, conclus-je.

Père Luc comprit qu'il ne servait à rien de continuer sur le sujet. Je leur devais une fière chandelle, j'en étais conscient, et c'était justement pour ça que je les tenais éloignés de moi. Pour les protéger de l'ombre menaçante de l'Enfer et de mes pairs.

— Je dois y aller, annonçai-je soudain.

Je tournai les talons et sortis de la basilique par l'ouest afin de rattraper la rue suivante où se trouvait mon appartement, au dernier étage d'un immeuble appartenant à l'Ordre. Puisque j'étais le seul à y habiter, je profitais d'un calme total et d'une intimité parfaite pour mes entraînements.

De retour chez moi, j'enlevai manteau, écharpe et chaussures avant de m'immobiliser dans mon salon. Je levai la main et, d'une pensée, je poussai mon grand canapé d'angle et ma table basse vers le mur face à moi.

Grâce à Tit, l'esprit de la maison qui squattait derrière mon four, j'avais appris à développer mon énergie. Maintenant, je ne me contentais plus d'actionner des interrupteurs ou d'ouvrir des portes, je pouvais déplacer et même faire léviter des objets beaucoup plus encombrants. Bien sûr, leur poids était une contrainte, mais je parvenais malgré tout à lever un peu plus de cent kilos rien qu'à la force de mon esprit, ce qui était déjà un bon résultat.

Une fois l'espace dégagé, je m'allongeai à même le sol, paumes contre terre, et je fermai les yeux. Mon ami domovoï, étroitement lié aux flux énergétiques de la Nature, m'avait expliqué que le pouvoir qui circulait en moi pouvait être utilisé autrement que par décharges si je prenais la peine de me concentrer. Depuis deux semaines, je m'entraînais non seulement à projeter mon énergie hors de mon corps en dosant la divine et l'infernale, mais aussi à la contrôler à l'intérieur. Le but avoué de la manœuvre étant de parvenir à me faire léviter moi-même.

Et ça, j'y étais presque.

Comme d'habitude, je fis le vide dans mon esprit en me focalisant sur les battements de mon cœur. Durant les premières secondes, les souvenirs de Michaël refaisaient toujours surface car j'avais beau vouloir le tenir loin de moi, son visage hantait toujours mes pensées. Il finissait malgré tout par s'estomper au profit d'une sérénité complète. Je pouvais alors visualiser les courants magiques parcourant mes veines et pulsant au rythme de mon palpitant tranquille.

J'augmentai ensuite leur densité afin de canaliser le plus de puissance possible au millimètre carré. L'opération prenait du temps mais plus je réussissais, plus je contrôlais mes énergies contraires.

Un courant vivifiant parcourait maintenant mon corps par vagues successives. Dès que je me sentis prêt, je tentai la lévitation. Au début, j'eus l'impression que rien ne se passait. Mais petit à petit, l'air frôlait mon dos tandis que le tissu de mon tee-shirt s'éloignait de ma peau quand je m'élevais.

— Concentreï, Nathanoï, murmura la drôle de voix de Tit.

Sa large main se faufila dans l'espace entre le sol et mon dos. Il posa ses doigts sur moi en exerçant une infime pression, simplement pour me donner un point à visualiser afin de maintenir ma concentration.

— Stop.

Je m'immobilisai. J'aurais pensé que faire du surplace serait plus simple que de décoller mais je m'étais trompé. L'effort me coûta tant que mon corps se mit à trembler tout entier.

Tit enleva sa main au moment où je lâchai tout. Je fis une brusque chute d'une soixantaine de centimètres sur le parquet en étouffant un hoquet de douleur. Lorsque je me redressai pour m'asseoir, j'étais à bout de souffle.

— Khorochoï, me félicita mon ami.

— Merci, lâchai-je entre deux courtes respirations. Une insomnie ?

Il n'était que neuf heures du matin, il devrait déjà dormir, lui qui vivait la nuit.

— Oï, me répondit-il avant de bâiller à s'en décrocher la mâchoire. Moï dodo.

Et il alla se recoucher sans autre forme de cérémonie. Le déploiement de mon énergie avait dû le tirer de son lit. Ce dont je ne me plaignais pas car, grâce à lui, j'avais réussi à léviter et je savais que rester immobile dans les airs serait ce qui me demanderait le plus de travail.

Voilà un nouveau défi. Ça tombait bien, je commençais à m'ennuyer ferme depuis que le calme était revenu sur Toulouse.

Chapitre 2

La clé, c'était de bouger doucement et de prendre en compte le poids de la caméra pour ne pas tomber à la renverse.

— Euh... Donna, je suis pas très confiant sur ce coup-là, me dit Azzam, mon camarade et assistant, en contrebas.

— T'inquiète, je gère ! le rassurai-je.

Debout sur un mur large d'une dizaine de centimètres à peine, la caméra sur mon épaule et l'œil au viseur, je cherchais le plan parfait pour la future scène de meurtre que nous allions filmer à la Hitchcock.

— Les gars ! Ça va le faire ! me réjouis-je.

Un peu trop car je faillis basculer dans le vide. Je me rattrapai de justesse, non sans avoir fait frôler la crise cardiaque à tout le groupe. J'adorais leur procurer des émotions fortes !

Sans geste brusque, je donnai ma caméra à Azzam avant de descendre de mon perchoir grâce aux bras de Dylan qui en profita pour m'embrasser au passage.

— On va y aller, me dit mon petit-ami.

— OK !

— Allez, on remballe, lança Thibault, notre scénariste.

Julie, la responsable lumière du groupe, aida Azzam à ranger nos affaires dans le monospace de Dylan, puis nous nous dispersâmes sur la place des Jacobins. Depuis notre aventure - ou mésaventure - avec Nathan, les démons et les ombres mouvantes, la présence d'une église dans mon champ de vision me rassurait. C'était stupide, j'en avais conscience, d'autant qu'il ne m'était absolument rien arrivé d'étrange depuis que mon exorciste nous avait dit de ne plus l'approcher, à Michaël et moi. Mais c'était comme ça.

D'ailleurs, c'était justement chez Michaël que nous avions rendez-vous ce soir pour manger. Depuis deux semaines, je le trouvais bizarre et plus le temps passait, plus je m'inquiétais pour lui. D'ordinaire calme et joyeux, il devenait assez impatient et irritable, voire même versatile. Sa relation chaotique avec Clara n'arrangeait rien.

J'avais donc profité qu'elle soit en week-end chez une amie à elle pour m'inviter chez Michaël avec Dylan. J'espérais qu'en étant seuls tous les trois, cela l'inciterait à se confier sur ce qui le tracassait. J'avais peur que notre expérience aussi soudaine que brutale du paranormal l'ait malmené plus que je n'aurais imaginé. À moins que ce soit autre chose ?

Durant notre visite chez le Père Luc afin d'en apprendre plus au sujet de Nathan, j'avais plaisanté sur la possible bisexualité de Michaël, blague qu'il semblait avoir mal prise. *Trop* mal prise. Depuis, je me posais des questions mais je n'avais jamais osé remettre ça sur le tapis de peur de braquer Michaël. Après tout, le sujet était délicat même si je n'en comprenais pas vraiment la raison. Sûrement à cause des préjugés concernant la frivolité des personnes bi, alors que la tendance à tromper n'était pas une question d'orientation mais de caractère.

Ce fut plongée dans ces profondes considérations philosophiques, ou presque, que je montai dans la voiture de mon petit-ami que mes parents voulaient déjà rencontrer. J'avais mis fin à leurs espoirs aussitôt en les avertissant que Dylan et moi voulions prendre notre temps. Si je n'avais rien dit, ils m'auraient déjà demandé la date du mariage – ils m'avaient fait le coup avec mon ex.

Sur le trajet qui nous mena jusqu'à l'appartement de Michaël, Dylan et moi parlâmes de notre camarade. Mon compagnon avait aussi noté son changement de comportement : nous nous mîmes alors d'accord pour tenter de l'amener à se confier dans la soirée. Dylan prépara d'ailleurs le terrain dès notre arrivée dans son salon.

— J'ai apporté de la Despe' ! annonça mon copain.

Ce garçon avait une drôle de manière d'inciter les gens à parler... Michaël apprécia l'attention, c'était le plus important.

Durant toute la soirée où nous dévorâmes un repas équilibré constitué de kebab et de bière, j'observais Michaël qui semblait aller un peu mieux. Je compris vite pourquoi.

— Clara rentre quand ? demanda Dylan.

— Jamais, répondit Michaël. Je l'ai larguée. C'était une salope.

La surprise me fit recracher ma bière par la bouche et le nez. Ça brûlait !

— Merde, Donna ! protesta Michaël qui avait reçu quelques gouttes. Mais qu'est-ce qui te prend ?

Je toussai avant de m'essuyer le visage avec une serviette en papier tout en fusillant Michaël des yeux.

— Parle pour toi ! me récriai-je. Je t'ai jamais entendu insulter quelqu'un et là paf ! tu descends ton ex. T'es malade ou quoi ?

Michaël me foudroya du regard. Niveau subtilité, on repasserait mais, à ma décharge, j'avais deux bières et demie dans le sang, contrairement à Dylan qui n'en avait que la moitié d'une. Il posa une main tempérante sur ma cuisse.

— Parce que j'ai besoin de ta permission pour parler comme je veux ? me demanda Michaël.

J'ouvris la bouche pour répliquer quand mon petit-ami me devança :

— On s'inquiète un peu pour toi, confia Dylan à Michaël.

Ce dernier s'apaisa aussitôt. Il ne dit rien pendant plusieurs secondes, se passa la main dans ses courts cheveux blonds avant de s'ouvrir un peu :

— Je suis un peu sur les nerfs depuis quelque temps.

— Ça a un rapport avec le paranormal ? demanda Dylan.

Je fixai Michaël avec insistance. S'il hésitait à répondre, c'était certainement mauvais signe.

Il hocha finalement la tête pour confirmer notre crainte.

— Tu veux en parler ? m'enquis-je.

— ... Pas maintenant. De toute façon, ça ne servirait à rien.

Dylan et moi ne commentâmes pas. S'il le pensait vraiment, en effet, parler ne servirait à rien.

Michaël se prit la tête dans les mains et soupira, visiblement fatigué.

— Clara me saoulait, laissa-t-il échapper d'une voix difficilement audible. J'aurais dû la larguer avant... Ferme-la...

Dylan et moi échangeâmes un regard sceptique. Il nous parlait à nous ?

Michaël releva la tête. Il était blanc comme un linge.

— Désolé les gars, je suis claqué. Ça vous dérange pas qu'on abrège ?

— Pas du tout, assurai-je. On va t'aider à ranger et...

— C'est pas la peine, déclina-t-il.

Eh ben, il voulait vraiment qu'on parte. Soucieux de ne pas l'énerver, Dylan et moi préférâmes ne rien tenter et le laissâmes après lui avoir souhaité bonne nuit.

Dans la cage d'escalier, je fis part de mon inquiétude à mon compagnon.

— Tu crois qu'on fait bien de le laisser tout seul ?

— Je pense qu'il sait ce qu'il fait. Il nous appellera s'il a besoin, ne t'inquiète pas trop.

J'opinai de la tête sans trop de conviction. Je ne comprenais pas pourquoi Michaël ne voulait pas nous parler ni à quoi rimait son aparté de tout à l'heure.

Lorsque nous arrivâmes près de la voiture sous les assauts d'une brise gelée, je saisis Dylan par la main. Il se retourna.

— J'ai un mauvais pressentiment, confiai-je.

— On ne peut pas prévoir les choses, Donna. Ça ne sert à rien de trop s'inquiéter.

— J'ai quand même un mauvais pressentiment, insistai-je.

Il fit un pas vers moi et me prit dans ses bras sous la lumière des lampadaires. Son souffle contre ma joue froide me parut brûlant mais apaisant.

— Ça caille, me plaignis-je.

Dylan se mit à rire. Après tout, c'était à cause de moi si on s'attardait dans le froid de cette fin mars. Je m'autorisai un sourire avant de monter dans la voiture. Dylan avait raison : si Michaël avait besoin d'aide, il saurait la trouver.

Mais j'avais vraiment un mauvais pressentiment.

CHAPITRE 3

Nathan – Saint Exorciste
Chevalier de l'ordre de Saint-Jean de Jérusalem

Debout face aux grandes fenêtres en demi-lune de mon appartement, je fumais une cigarette en regardant Toulouse se parer de son habit scintillant de nuit. Tit s'affairait dans tout l'appartement maintenant qu'il avait pris ses marques. Il s'était approprié la totalité du logement, permettant ainsi à son pouvoir d'atteindre son entièreté. Les Ombres, ces esprits torturés qui se traînaient sur le sol et les murs en quête d'une âme honnête à dévorer, n'osaient même plus approcher de l'immeuble. Je me sentais enfin en sécurité chez moi.

— Nathanoï !

Je me tournai vers le salon. Tit se tenait devant le mur dissimulant ma réserve d'artefacts magiques, de livres anciens et d'armes en tous genres.

— Quoi ? demandai-je en m'approchant un peu après avoir écrasé ma cigarette dans un cendrier.

— Ovroï, intima-t-il. J'vaï possière.

— Laisse tomber, je m'en occuperai.

Un torchon sale m'atterrit en pleine figure avant de s'écraser sur le sol. Je toussai quand les particules de poussière encombrèrent mon nez et mes bronches. Maudit domovoï ! Pourquoi il fallait toujours que je me reçoive un truc dans la tête avec lui ?

— Ovroï.

Je toussai encore pour dégager mon système respiratoire avant d'aller lui ouvrir. Je posai mes deux mains sur la paroi qui disparut aussitôt, dévoilant le passage vers ma réserve aux murs lambrissés et aux étagères... poussiéreuses.

OK, il était peut-être temps de faire un peu de ménage.

— Spasiboï.

On toqua à ma porte.

— Amuse-toi bien, lançai-je à Tit tout en allant ouvrir.

Les personnes connaissant mon adresse n'étaient pas nombreuses, et celles assez folles pour venir à cette heure-ci sans invitation l'étaient encore moins. En arrivant près du battant, je ne pris pas la peine de regarder par le judas afin de me laisser un peu de suspense. Mais une fois le vantail ouvert, je regrettai mon choix.

Mon cœur se serra dans ma poitrine face à mon visiteur.

— Euh... Bonsoir, me salua-t-il, visiblement mal à l'aise d'être là. Je... Je te dérange pas ?

J'avais oublié à quel point Michaël était magnifique et à quel point le voir là devant moi me rendait autant heureux que triste.

Si sa voix n'était pas assurée, la mienne l'était encore moins.

— Si.

Ma réponse mensongère assombrit ses traits angéliques. Il n'imaginait pas qu'elle venait de me lacérer de l'intérieur. J'avais tellement eu envie de le revoir ces dernières semaines que mon seul désir était de l'inviter à rentrer et de ne jamais le laisser partir. Mais je devais le tenir loin de moi si je voulais le protéger.

Il fit un pas en arrière, les épaules affaissées. Je remarquai alors que son teint était aussi maladif que deux semaines auparavant. Ce n'était pas normal.

— Je suis désolé. Je te laisse.

Je le retins par le poignet au moment où il allait partir. Il se retourna et m'offrit une expression aussi surprise que fragile.

C'était une mauvaise idée de l'empêcher de partir, je le savais, pourtant la déraison de mes sentiments à fleur de peau ne me laissa pas le loisir de résister à la chance de passer un instant avec lui.

— Tu n'as pas l'air bien, lui dis-je.

— Juste un coup de fatigue à cause du boulot, c'est rien, m'assura-t-il.

— Alors pourquoi tu es venu me voir moi ?

Il me regarda d'un air hébété, comme si ma question le prenait au dépourvu. Avait-il seulement la réponse ?

— Je... (Il haussa les épaules.) Je ne sais pas vraiment. Je crois que j'ai besoin d'aide et je ne vois que toi sur qui compter.

Le peu de bon sens dont j'étais encore doté s'envola à l'entente de cette confession.

— Rentre, l'invitai-je.

Il ne bougea pas.

— Tu as dit que tu étais occupé, me rappela-t-il.

— Je peux reporter. Viens.

Je tirai doucement sur son poignet, ce qui suffit à le sortir de sa torpeur. Il finit par entrer et se déchaussa tout en enlevant son manteau. Mon regard tomba directement sur ma réserve à nouveau dissimulée derrière son mur protecteur. Et plus de trace de Tit.

Parfait.

— Tu veux boire quelque chose ? proposai-je.

— Je veux bien un café, s'il te plaît.

Pendant que j'attrapai une tasse et que je mettais une dosette de café dans ma machine, Michaël s'installa au bar.

— Tu étais en plein ménage ?

Je me retournai et posai un regard interrogateur sur lui pendant que la cafetière se mettait en marche.

— T'as de la poussière sur ton tee-shirt, précisa Michaël.

Je baissai la tête sur mon torse pour constater les dégâts. Tit ne m'avait pas loupé.

— J'ai déballé de vieux cartons, mentis-je, ne trouvant que cette explication pour justifier la présence d'autant de poussière à cet endroit.

Cela sembla le satisfaire puisqu'il ne rebondit pas. Si Donna connaissait l'existence de Tit, ce n'était pas le cas de Michaël et moins il en savait sur ma vie, mieux ça valait.

La machine cracha les dernières gouttes de café dans la tasse. Je la donnai à Michaël avec une cuillère et du sucre. Je le regardai en mettre un dans le liquide chaud et remuer, l'esprit ailleurs. Il semblait avoir des difficultés de concentration. En ajoutant à ça sa mine fiévreuse, ça n'annonçait pas grand-chose de bon.

Je restais derrière le bar à le détailler longuement sans qu'il remarque quoi que ce soit. Alors je pris les devants :

— Tu disais avoir besoin d'aide. Pourquoi ?

Il but une longue gorgée de café avant de faire tourner la tasse entre ses doigts sans oser me regarder en face.

— Quand... (Sa voix était enrouée, il se racla la gorge.) Quand tu étais sur le parvis de Saint-Sernin le mec... Adid, je crois, a dit qu'on ne devait pas approcher tant que la porte de l'Enfer n'était pas fermée.

— Certains démons de basse classe profitent de ce genre d'ouvertures pour posséder un humain, confirmai-je. Et tu l'as écouté ?

Il joua encore avec sa tasse avant de vider son contenu cul-sec.

Eh merde !

— J'ai attendu mais les chevaliers sont partis et tu ne bougeais plus. Ce n'était plus qu'une fine crevasse.

Il releva la tête et me suivit des yeux quand je contournai le bar pour le rejoindre.

— Debout, intimai-je.

Il se leva du tabouret par réflexe.

— Tu entends une voix ? demandai-je en le faisant se décaler de quelques pas vers le salon.

Michaël baissa un peu la tête. Lorsqu'il la releva pour me faire face, son sourire profondément malsain me hérissa le poil.

— On se rencontre enfin, Nathan, susurra-t-il.

Mon bracelet, seul lien avec ce monde du démon scellé en moi, vibra tellement fort qu'il aurait pu m'arracher le bras. Belzébuth, le challenger de l'Enfer, était hors de lui et je compris vite pourquoi.

CHAPITRE 4

Nathan – Saint Exorciste
Chevalier de l'ordre de Saint-Jean de Jérusalem

Les têtes de mort tatouées sur le dos de mes mains se mirent à briller quand j'activai mon pouvoir. En un battement de paupières, un pentagramme par terre immobilisa Michaël et son possesseur.

— Tu as besoin de moi, Nathan, ce n'est pas la peine de...

Il perdit sa langue quand je le fis léviter d'un coup. Il commença à paniquer une fois allongé à l'horizontale au-dessus du sol.

— Arrête ! intima-t-il.

Je me mis à cheval sur Michaël et posai mes paumes sur son torse, furieux que cette saloperie ait pris possession de lui ! J'allais vite régler le problème.

— Tu t'es attaqué à la mauvaise personne, démon, articulai-je, la mâchoire serrée par la colère. Je te conjure, Satan, ennemi du salut des Hommes...

— Arrête, pauvre fou ! éructa l'autre. Écoute-moi au moins !

— Quitte ce servant de Dieu, Michaël. Le Seigneur l'a fait à son image...

— J'ai été envoyé par Satan pour retrouver Cerbère !

J'arrêtai net ma litanie avant d'accorder enfin une attention au démon apeuré.

— Qu'est-ce que tu as dit ?

— J'ai été envoyé par Satan pour retrouver Cerbère, répéta-t-il. Il a disparu peu de temps avant l'ouverture de l'Enfer. Nous soupçonnons les partisans de Belzébuth d'y être pour quelque chose.

Mon bracelet ne montra aucun signe de vie, ce qui voulait dire que ce démon n'était peut-être pas si loin de la vérité.

Il fallait que j'en sache plus.

D'une simple pensée, je modifiai le pentagramme d'exorcisme en celui d'un pacte d'honnêteté afin d'être sûr qu'il ne me mènerait pas en bateau.

— Je te laisse une chance de me convaincre, le prévins-je.

Il accepta l'invitation à continuer :

— Quand j'ai vu cet humain près de la faille, j'ai saisi l'opportunité. Il était proche de toi, je me suis dit que cela faciliterait nos relations.

Nos relations ? Il pensait vraiment qu'on allait bosser ensemble ?

Je l'aurais étranglé si je n'avais pas été certain de tuer Michaël en même temps. Pourtant, je décidai de ne rien dire tant que le démon n'avait pas fini son histoire.

— Je ne connais pas le monde des humains, je comptais sur ton aide pour retrouver Cerbère avant que l'Enfer perde toutes ses âmes. Si cela venait à arriver, des millions de démons seraient affamés, tu imagines ce qu'il se passerait ?

— Très bien, oui. Donc, si je te suis, tu as besoin de moi. Mais moi, pourquoi j'aurais besoin de toi ?

— Si notre hypothèse s'avère, les partisans de Belzébuth n'ont pas pu agir seuls. Pour entraîner Cerbère hors de l'Enfer contre sa volonté il faut énormément de force divine. Deux engeances y ont accès : les anges et les fidèles de Dieu. Et, même si cela me coûte de l'admettre, les anges ne sont pas assez idiots pour agir de la sorte. Ne reste que les fidèles de Dieu en lien avec les autres mondes. Autrement dit : ton Ordre. S'il est impliqué, ses membres te refuseront des informations que je pourrais obtenir par des moyens détournés.

— Comment tu sais que je ne suis pas de mèche avec eux ?

Le démon s'esclaffa.

— Même en Enfer, nous connaissons ta droiture légendaire, répondit-il. C'est pour cela que nous te craignons plus que les autres chevaliers exorcistes.

Il marquait un point.

Ne restait qu'un problème, et de taille :

— Il est hors de question qu'une raclure dans ton genre reste en possession de Michaël.

— Si ce n'est que cela, rédige un pacte avec tes règles en ce qui le concerne et scellons-le.

C'était une possibilité, mais je devais réfléchir.

Je m'enlevai de dessus lui et le remis à la verticale sur ses deux pieds.

— Je veux parler à Michaël, requerrai-je.

— Pas besoin, le pacte suffira.

La désinvolture avec laquelle il me balança son argument me fit serrer les poings de rage.

— Je veux lui parler *tout de suite*.

Mon expression sinistre le convainquit dans la seconde. Un instant plus tard, Michaël reprit le contrôle de son corps.

— Tu as entendu ? fut ma première question.

— Ouais.

Donc il était conscient quand le démon était en premier plan. L'inverse devait être vrai aussi. C'était bon à savoir.

— Je peux avoir un peu plus de détails ? me demanda Michaël. Quand vous parlez de Cerbère, c'est comme le chien à trois têtes qui garde les portes de l'Enfer ?

— C'est exactement ça. Il empêche les âmes égarées d'entrer et celles damnées de sortir. Sans lui, tout le monde fait ce qu'il veut. Ça me peine de l'avouer mais si le démon dit vrai et que mon Ordre est impliqué là-dedans, trouver des infos par mes propres moyens sera dur mais pas impossible. Si tu ne veux pas qu'il reste en toi, un mot de ta part et je l'exorcise.

Michaël pencha un peu la tête. Son regard bleu-vert se perdit dans le vague avant de se reposer sur moi.

— Si j'accepte, il y a un moyen pour lui faire fermer sa gueule ? questionna-t-il.

— Non. Ni pour le faire taire ni pour l'empêcher de prendre le contrôle de ton corps.

— Ça veut dire qu'il pourra faire ce qu'il veut sans que je puisse rien dire ?

— Si tu acceptes de l'héberger le temps de trouver Cerbère, je lui ferai signer un pacte inviolable, même pour lui, édictant des règles pour l'empêcher de te nuire.

— Comme ?

— Comme ne rien faire sans ton consentement total et absolu.

— Et s'il refuse cette règle ?

— Je le vire.

— Et s'il l'enfreint ?

— Je le vire. Écoute, ce démon peut être utile mais il n'est pas indispensable donc ne te sens surtout pas obligé d'accepter.

— Mais si j'accepte, ça va beaucoup t'aider, non ?

Je pris un instant avant de répondre, conscient que cela influencerait sa décision. Pourtant, je n'avais pas le cœur à lui mentir. Le mensonge était corrosif, même si parfois nécessaire.

— Oui. En revanche, il faudra que tu apprennes à vivre avec lui et à ne jamais croire ce qu'il te dira. Je peux te donner quelques conseils mais tu seras seul face à son influence.

— Et si j'accepte mais que je craque dans une semaine, par exemple, sans qu'il ait enfreint aucune règle...

— Je le vire, même s'il est sur le point de me dire où est Cerbère. Rien, absolument rien, ne prévaut sur ton libre arbitre, Michaël. Et rien ne t'oblige à accepter ce fardeau. Tu ne dois rien à personne.

Il inspira à pleins poumons avant d'expirer lentement, le temps pour lui d'assimiler toutes les informations.

— Si jamais..., commença-t-il. Tu m'aideras ?

— Jour comme nuit. Je ne te laisserai pas seul dans cette galère.

— OK...

Il resta muet encore un instant, avant de hocher la tête.

— C'est bon, j'accepte s'il signe ton pacte, annonça-t-il.

Mon expression devait être une porte ouverte sur mon désarroi car Michaël parut contrit. J'aurais préféré qu'il me demande de l'exorciser, mais sa décision devait venir de lui, pas de moi.

Un objet dur mais léger percuta soudain ma tempe gauche. Tit m'envoyait un cadeau... dans la tête. Encore. Je me baissai pour ramasser le parchemin végétal.

— Qu'est-ce que c'est ? demanda Michaël.

Ou plutôt le démon. Je venais de remarquer que sa voix était différente quand la créature parlait. Elle était plus râpeuse.

— La participation de notre témoin, répondis-je.

— C'est-à-dire ?

— Que je vais écrire les règles du pacte sur ce parchemin et que tu vas le sceller en prenant un esprit de la Nature en témoin. Si tu violes le pacte, tu n'auras aucune échappatoire sur Terre. T'es sûr de vouloir continuer ?

— Si je retourne en Enfer sans Cerbère, le châtiment que Satan me réservera sera bien pire que toutes les tortures terrestres. Cela me va.

— Avant, je veux une preuve de ta « bonne foi ». Donne-moi ton nom.

— Je suppose que notre association s'arrêtera là si je refuse ? hasarda-t-il.

— Tu as tout compris.

Un grand sourire étira les lèvres parfaites de Michaël.

— Je suis Sytry, grand prince de l'Enfer sous les ordres de Satan, qui aime enflammer les passions et commande soixante-dix légions infernales, se présenta-t-il en courbant l'échine.

Mon bracelet vibra de rage. Belzébuth n'aimait pas voir l'un des serviteurs de son pire ennemi se lier à moi.

— Paymon devait venir, continua-t-il en se redressant, mais ses deux cents légions ne sauraient être privées de leur roi.

J'avais écouté sa dernière phrase d'une oreille distraite, trop occupé que j'étais à rédiger notre pacte. Je pris de longues minutes à le faire, lisant et relisant chaque point pour être certain de ne rien oublier. Lorsque je fus satisfait de mon œuvre, je jetai le parchemin à Sytry qui l'attrapa au vol et en commença la lecture à voix haute.

— Moi, Sytry, beau parleur de l'Enfer... C'est petit, commenta-t-il, vexé.

— Continue, ordonnai-je.

Il maugréa avant de reprendre :

— ... m'engage à respecter ce qui suit sous peine d'être exorcisé : ne pas manipuler mon hôte humain répondant au nom de Michaël et placé sous la protection de son archange. Ne rien dire par sa voix et ne rien faire par son corps que Michaël n'aurait exclusivement approuvé. Ne rien dire par sa voix et ne rien faire par son corps lorsque Michaël dort ou se trouve dans l'incapacité, pour n'importe quelle raison, de prendre une décision éclairée découlant uniquement de sa volonté propre... Sérieusement, vous suivez un enseignement pour rédiger ces choses-là, non ?

— Ce n'est pas fini, lui fis-je remarquer.

— J'ai vu, merci. Donc, sa volonté propre... Ne pas interférer, de quelque manière que ce soit, dans la vie de Michaël sans son autorisation expresse. Ne pas influencer ses décisions, peu importe leur nature. Ne pas mentir, ni à Michaël ni à son entourage. Ne pas exacerber ses émotions. Je m'engage également à ne divulguer aucune information sur l'affaire en cours nous liant sans l'accord du Saint Exorciste. Hé bien, je vais m'ennuyer... Et, pour finir, je m'engage à appeler Nathan, Saint Exorciste, par son titre et à le vouvoyer... C'est bas, ça, Nathan.

— Ferme-la et signe.

Il marmonna encore avant de se mordre le pouce jusqu'au sang et de l'apposer sur le parchemin. Je récupérai le pacte pour en faire de même. Je vis alors l'empreinte d'un troisième pouce, plus gros que celui d'un humain, apparaître à côté de celui de Michaël.

Le pacte était signé entre nous trois.

CHAPITRE 5

Michaël – Possédé par Sytry

Mon esprit fut comme propulsé en avant lorsque Sytry me rendit l'usage de mon enveloppe charnelle après la conclusion du pacte. La sensation était absolument désagréable, même si elle l'était moins que celle de voir un étranger se servir de son corps sans avoir la possibilité de l'en empêcher. Je n'étais pas certain de pouvoir le supporter longtemps mais je tiendrai autant que possible si cela permettait d'aider à retrouver Cerbère.

Le pentagramme à mes pieds disparut d'un coup au moment où Nathan s'approcha de moi. Je levai les yeux pour accrocher les siens. La détermination que j'y lus me rassura.

— Michaël ?

— Ouais.

— Tu es sûr que ça va ?

Je pris un instant avant de répondre, le temps d'une respiration.

— J'ai un peu la trouille, avouai-je. Mais si tu ne me lâches pas, je devrais tenir le coup.

Nathan ne dit rien, pourtant je vis à son expression limpide qu'il était contrarié par ma décision. Il se contenta de prendre mon adresse, puis nous échangeâmes nos numéros de téléphone en me faisant promettre de l'appeler si j'avais un problème, de jour comme de nuit. Y'avait pas de souci à ce niveau, je ne prendrai pas le risque de laisser mon parasite me créer des problèmes.

« *Je ne suis pas un parasite, stupide humain*, siffla la voix mentale de Sytry.

– *Ferme-la, tu seras mignon* », répliquai-je avec insolence.

Il détestait que je lui tienne tête et ça, depuis le début. Il se plaignait souvent d'avoir choisi le mauvais hôte.

— Michaël, m'apostropha Nathan qui se doutait visiblement de mon échange avec le prince de l'Enfer. Assieds-toi.

En me disant ça, il m'indiqua les tabourets de bar. Discipliné, je m'y installai tout en fixant Nathan qui ramenait un cendrier vers lui.

— Ça ne te dérange pas si je fume ? s'enquit-il.

— Non. De toute façon t'es chez toi.

— Ce n'est pas une raison pour négliger les autres.

Il alluma sa cigarette avant d'avaler une longue bouffée de fumée toxique. Je ne pouvais pas m'empêcher de détailler ses tatouages lorsqu'il retroussa les manches longues de son tee-shirt moulant. Leur exécution était remarquable et c'était du plus bel effet autant sur ses avant-bras musclés que sur ses mains déliées. Ses longs doigts semblaient agiles à en juger par la manière dont ils manipulaient son briquet tempête noir flanqué d'un magnifique scorpion doré.

— Il y a un point sur lequel j'aimerais insister, reprit Nathan, m'arrachant à ma contemplation muette. Sytry va te parler, beaucoup, mais tu ne dois pas croire un mot de ce qu'il te dira.

— Il a promis de ne pas mentir, me souvins-je. Sur le pacte.

— Ce n'est pas parce qu'il ne mentira pas qu'il te dira la vérité.

Je lui accordai un regard torve et perplexe.

— J'avoue que je ne comprends pas, lui dis-je.

— Sytry peut très bien, par exemple, te dire que Donna est une menteuse, et ce sans mentir.

— Donna n'est pas une menteuse, m'opposai-je.

— Tu es sûr ? Tu crois qu'elle ne t'a jamais dit qu'elle allait bien quand elle n'avait pas le moral ? Juste pour ne pas t'inquiéter.

— Ça n'a rien à voir...

— C'est un mensonge. Inoffensif, mais ça reste un mensonge. Tu connais Donna, tu sais qu'il ne faudra pas le croire s'il te dit ça. Mais s'il le fait avec une personne que tu viens seulement de rencontrer ou que tu connais peu, sur quoi te baseras-tu pour savoir à quel point ses paroles sont vraies ?

Je ne dis rien parce que la réponse était évidente : aucune.

— Alors je ne dois jamais le croire ?

— Jamais, affirma-t-il. Les démons majeurs ont l'incroyable capacité de travestir la vérité sans mentir, surtout quand il s'agit de sentiments. Ils aiment les amplifier pour conduire les humains à faire ce qu'ils attendent d'eux sans pour autant aller contre leur volonté.

— Ouais, j'en ai eu un aperçu..., commentai-je.

— Comment ça ?

— Avec Clara, ma petite-amie. On se prenait déjà la tête en temps normal mais, avec l'arrivée de Sytry, j'en avais deux sur le dos et il m'a tellement bassiné que j'ai largué Clara.

— Je suis désolé.

— Il valait peut-être mieux comme ça, en fait...

Un silence apaisant suivit ma phrase. Je me rendis alors compte que la seule présence de Nathan me rassurait. Je n'avais besoin de rien d'autre que de lui et son appartement était comme un autre monde, un refuge imprenable veillé par un gardien que rien ne semblait effrayer. L'homme qui me faisait face me paraissait être un titan devant lequel le Mal baissait la tête.

« Doucement avec les comparaisons. Nous ne le craignons pas outre mesure.

– Ta gueule. »

Mon injonction sobre mais ferme lui fit avaler sa langue. Si je restais poli avec mes congénères, je me défoulais avec Sytry. Il ne comprenait que ce langage.

Nathan fit tomber sa cendre et expira la fumée avant de me demander si j'avais d'autres questions.

Beaucoup, oui, mais je n'étais pas certain d'être prêt à toutes les poser. Une seule me parut importante sur le moment :

— Sytry m'a dit qu'il fouillait mes souvenirs et des fois, je revis des scènes comme si j'y étais. C'est vrai, ça ? demandai-je. Je veux dire, est-ce que ce sont mes vrais souvenirs ?

Il détourna la tête, gêné.

— Nathan ? m'inquiétai-je.

— Ce sont tes vrais souvenirs, il n'a pas le pouvoir de les modifier, même un peu.

— Pourquoi tu as l'air gêné ?

— Parce que des fois, il vaut mieux pour nous oublier certains pans de notre passé. Notre cerveau fait le tri tout seul. Avec Sytry, tous tes souvenirs marquants vont ressurgir, qu'ils soient bons ou mauvais. L'exercice pourrait sembler anodin mais il peut en fait changer la vision que tu as de toi-même et, *a fortiori*, ta relation avec les autres.

— Je dois faire attention ?

— Tu ne peux pas. Si ça arrive, ça arrivera tout seul et ça ne te demandera pas ton avis.

— Tu as déjà connu ça ? demandai-je.

— Non, mais j'en ai souvent rêvé pour combler certaines zones d'ombre de ma vie.

— Comme ?

Il tourna la tête vers moi. Il y avait tant de douleur et de détresse sur son visage que je me sentis coupable d'avoir posé une question aussi indiscrète.

— Je suis désolé, m'excusai-je.

— C'est rien.

Il tira une dernière fois sur sa cigarette avant de l'écraser dans le cendrier. Il se leva.

— Tu devrais rentrer chez toi, il est tard.

Il me foutait gentiment dehors ou je ne m'y connaissais pas. Pourquoi réagissait-il comme ça ? Pourquoi mettait-il toujours de la distance entre nous ?

« *J'ai mon idée sur la question.* »

Je devinais sans mal le sourire malsain que devait arborer Sytry. Je me retins de lui demander de développer son idée par crainte de son impact sur moi. À la place, j'allai à l'entrée récupérer mes chaussures et mon manteau. Nathan m'accompagna pour m'ouvrir la porte de chez lui.

— Je t'appellerai si j'ai besoin de Sytry, informa-t-il.

Je le fixai un instant, songeant que je payerais cher pour connaître les pensées cachées derrière ses beaux yeux noirs. Conscient que je le dévisageais, je lui souhaitai une bonne nuit avant de m'en aller.

Sytry resta silencieux durant tout le trajet de retour. Même une fois dans mon appartement et couché, il évita de se manifester. Le pacte l'avait calmé.

Du moins le crus-je.

CHAPITRE 6

Michaël – Possédé par Sytry

La nuit était une porte ouverte sur mon inconscient et mes rêves étaient moins son reflet que celui des réminiscences de mon passé. Sytry se délectait de creuser ma mémoire pour en extraire mes souvenirs les plus marquants, du plus récent au plus ancien.

Ce soir, il arrivait au début de mon adolescence, à un âge que j'avais passé sous silence. Ma mémoire l'avait enterré pour justifier mon choix de vie, dissimulant de ce fait à ma conscience l'existence d'un autre chemin.

Mais cette nuit-là, je me souvins.

J'avais treize ans. Mes parents, mon petit frère Gabriel et moi vivions encore à Orléans. C'était le temps béni de l'insouciance où ma seule préoccupation était de trouver des trucs cools à faire avec Jérémie, mon meilleur ami depuis la maternelle. On était toujours ensemble, du soir au matin, en semaine comme chaque week-end.

Ce n'était d'ailleurs pas rare que nos parents mangent ensemble le samedi soir, jour où se déroula mon drame.

C'était le premier barbecue de l'année pour fêter l'arrivée des beaux jours. L'école n'était pas encore terminée mais l'approche des vacances se faisait sentir. Pendant que les parents s'occupaient des brochettes dans le ridicule jardin de notre maison de lotissement, Jérémie et moi étions dans ma chambre d'où j'avais réussi à chasser Gaby. Il m'énervait, à l'époque, sûrement car nous avions cinq ans de différence et qu'il n'était pour moi qu'un bébé encombrant.

Ma mémoire avait semble-t-il oublié les détails de la conversation que Jérémie et moi avions. Nous devions parler de jeux vidéos, certainement. Le fait était qu'au début du repas, alors que nos parents nous avaient appelés plusieurs fois, nous étions dans ma chambre, assis sur mon lit à rire comme les enfants que nous étions encore un peu, mais plus tout à fait non plus. Sous le coup d'une impulsion, je me suis rapproché de Jérémie et je l'ai embrassé. Il ne m'a pas repoussé, au contraire. Seulement à ce moment, sa mère est entrée dans la chambre.

Ça a été le début d'un long cauchemar.

Jérémie m'a repoussé en me disant que j'étais malade et Sandrine, sa mère, y est allée de ses reproches. Elle m'a attrapé par le col de mon tee-shirt et m'a traîné jusqu'en bas. Plantée là devant mes parents et son mari, elle a tout déballé. Joseph, le père de Jérémie, a pris sa famille puis ils sont partis.

Jérémie et moi ne nous sommes plus adressé la parole à partir de cet instant.

Le lundi au collège, la rumeur s'était répandue comme une traînée de poudre. Je ne sus jamais qui de Jérémie ou de sa mère l'avait lancée, le fait était qu'en l'espace de quelques jours, j'étais devenu le « pédé » de mon établissement et de mon quartier. Mes parents furent convoqués, puis pris à partie par les voisins qui leur conseillaient tantôt de me faire soigner, tantôt de m'envoyer à l'armée pour que je devienne un « vrai » homme.

On pensait que l'affaire se tasserait, mais même deux mois après, je subissais les railleries de mes camarades au point de ne plus vouloir aller en cours. Même Gaby subissait des moqueries à cause de moi. Alors mes parents firent la seule chose qu'ils pouvaient faire : ils larguèrent tout pour venir s'installer ici, à Toulouse. Ma mère avait réussi à être mutée mais pour mon père, c'était un retour à la case « recherche d'emploi », qu'il retrouva heureusement vite.

Bien sûr, la règle d'or était le silence absolu. Tandis que j'enfouissais ce secret au fond de moi au point de me sentir étranger dans mon propre corps, je commençai une thérapie. À force d'insistance, de mantras et de persuasion, je finis par oublier tout un morceau de ma vie. J'oubliais même Jérémie...

Je me réveillai dans un sursaut, le souffle court et le cœur battant la chamade. Je m'humectai les lèvres avant de déglutir péniblement à cause de ma gorge sèche.

Je m'assis dans mon lit.

« *Tu es un monstre pour tes pairs.* »

La voix de Sytry était profondément désagréable tant elle vibrait dans tout mon corps.

— Je ne suis pas un monstre, murmurai-je.

Ce n'était pas lui que je voulais convaincre, mais moi.

— J'avais oublié...

Je penchai un peu la tête en arrière et fermai les yeux. Toute ma vie défilait dans ma tête. Je portais sur elle un nouveau regard éclairé par ma mémoire retrouvée.

Je comprenais pourquoi je n'avais pas eu beaucoup de petites-amies et pourquoi après avoir couché une fois avec une fille je n'avais jamais recommencé, dégoûté. Je comprenais pourquoi je m'étais contenté de baisers chastes et pourquoi j'avais coupé court à toute relation sur le point de franchir un cap.

C'était pour ça que j'avais rompu avec Clara comme avec toutes les autres. Parce qu'elles attendaient de moi que je devienne un amant, et pas que pour le sexe. Elles attendaient de moi une chose que je ne pouvais pas leur donner.

C'était aussi pour cette raison que Nathan m'attirait tant, que je prenais plaisir à être avec lui, et c'était peut-être même ça qui m'avait poussé à accepter la présence de Sytry en moi ; pour avoir une raison de le revoir et de rester près de lui. Parce qu'il avait éveillé quelque chose, une facette de ma personnalité endormie jusqu'à aujourd'hui.

« Ils te détesteront encore. »

La terreur de mon enfance ressurgit à ces mots, me rappelant tout ce que j'avais vécu, tout ce que ma famille avait enduré à cause de moi.

Plus jamais ça. Je ne voulais plus les voir souffrir, les faire souffrir. Je devais faire comme si je ne me souvenais pas et continuer ma vie ainsi. Je n'étais pas homo. Je ne voulais pas et ne devais pas l'être. Je ne voulais pas risquer de tout perdre.

« *Que regardais-tu, ce soir-là ?* »

L'image de Nathan allongé torse nu sur son canapé me sauta au visage. Le mois dernier, après la fête organisée par Donna chez moi, je l'avais raccompagnée chez elle en faisant un détour chez Nathan. Je croyais qu'il était malade, c'était ce qu'elle m'avait dit, mais lorsque j'étais rentré, il était couvert d'hématomes et de sang. Quand il m'avait vu, la surprise avait contracté tous ses abdominaux. C'était ça que je regardais : son torse magnifique.

« *Imagine ce corps puissant entre tes jambes.* »

Oh oui, j'imaginais...

Non ! je ne devais pas ! C'était un piège de Sytry.

— À quoi tu joues, enflure ? m'énervai-je.

« *À te montrer la vérité.* »

— Garde ta vérité pour toi. Je ne sortirais jamais avec un mec ! Je ne suis pas homo !

J'entendis le rire gras du démon résonner dans ma tête à m'en donner la nausée. Je plaquai mes mains sur mes oreilles.

— Ta gueule !

Je me levai et allumai toutes les lumières de ma chambre comme si cela pouvait repousser le démon, mais j'entendais encore son rire guttural.

— Ferme-la...

Je m'adossai au mur et me laissai glisser sur le sol, ma tête toujours prise dans l'étau de mes mains. Je repliai mes jambes contre moi. Au fil des secondes, le rire se tut mais je restais prostré là, perdu dans ce coin de ma chambre, dans ce coin de mon âme, à tenter de repousser une vérité dont j'avais affreusement peur.

Je ne voulais plus connaître ça.

Nathan n'était rien pour moi. Je ne ressentais rien pour lui. Il n'en avait rien à faire de moi. Je le gênais, il ne me voulait pas dans ses pattes. Moins il me voyait, mieux il se portait. J'étais un boulet uniquement bon à servir d'hôte à un démon.

Je n'étais rien pour lui.

Absolument rien.

Ces quelques mots furent mon nouveau mantra, celui qui passa en boucle dans mon esprit le restant de la nuit. L'auto-persuasion avait fonctionné une fois. Elle fonctionnerait encore.

Je n'avais pas le choix.

CHAPITRE 7

Donna – Étudiante en plein test de scénario.

— Eh là paf ! Le type se fait égorger ! révélai-je.

Amélie et Sadia, suspendues à mes lèvres, me dévisagèrent d'un air écœuré qui ne m'empêcha pas de continuer :

— Et notre inspecteur va alors découvrir un indice super important que la victime avait dans la poche de sa veste !

— C'est quoi ? demanda Sadia, curieuse de connaître le dénouement de l'histoire.

J'esquissai un sourire de requin.

— Il va découvrir un...

Mon téléphone portable sonna, me coupant dans mon élan dramatique. Si le nom de Nathan ne s'était pas affiché sur mon écran, j'aurais fait abstraction de l'appel.

— Désolée les filles, c'est urgent.

Je les entendis râler pendant que je décrochais.

— Je savais que je finirais par te manquer ! débitai-je aussitôt.

— *Ne t'emballe pas. J'ai juste besoin de toi,* rectifia-t-il.

— C'est un peu pareil, non ?

— *Non. Tu peux venir chez moi maintenant ?*

Je regardai l'heure au réveil posé sur ma commode : il n'était que dix heures du matin.

— J'ai des amies à manger. Je veux dire que je les ai invitées à manger avec moi, pas que je vais les manger. Bref, tu m'as comprise.

— *C'est à propos de Michaël et c'est très sérieux. Débrouille-toi comme tu veux mais rapplique fissa.*

— Je peux les amener ?

Il y eut un silence.

— *Elles savent rester à leur place ?*

— Oui, sans souci.

— *OK, je vous attends.*

Nous raccrochâmes et je me rendis compte que j'avais négligé un tout petit détail : Amélie et Sadia ne savaient pas du tout que le « beau gosse » de la photo qui m'avait valu un sept en cours faisait partie de mon carnet d'adresses depuis presque deux mois. J'allais avoir droit à une supra avalanche de questions.

Pas grave, j'avais encore du temps pour trouver quoi leur dire sans trop en dire. Un jeu d'enfant !

Enfin, presque.

Je me levai de mon pouf d'un bond.

— Les filles, habillez-vous, je vous emmène balader !

— Où ? demanda Amélie.

— Dans un endroit qui va faire du bien à vos yeux !

Elles se levèrent tout de suite. La confiance qu'elles me témoignaient me rendait toute fière ! Avec cette pensée réjouissante en tête, je m'habillai chaudement avant de les précéder dans l'étroit escalier en colimaçon de ce vieil immeuble du centre de Toulouse.

Dehors, presque tous les commerces étaient fermés en ce dimanche matin mais le marché de la basilique Saint-Sernin attirait du monde. Mes amies et moi prîmes donc des chemins de traverse pour rejoindre la rue Émile Cartailhac où habitait Nathan. Au dernier étage du plus haut immeuble, la porte de l'unique appartement du niveau s'ouvrit sur un Nathan sexy en diable. Amélie et Sadia restèrent scotchées sur le seuil, leur mâchoire à deux doigts de tomber – j'exagérais à peine.

— Je suis là ! annonçai-je d'une voix chantante en écartant les bras.

— Entrez, nous invita-t-il.

J'obéis, avant de faire demi-tour et de coudoyer mes amies pour les tirer de leur léthargie.

— Je croyais que tu avais laissé tomber ton inconnu au premier échec, se souvint Amélie sur un ton de reproche.

— C'est compliqué, répondis-je doucement. Entrez.

Elles hésitèrent, puis me suivirent finalement à l'intérieur. En bon hôte, Nathan nous proposa à boire et nous acceptâmes chacune un café. Tout en nous les préparant, il nous proposa de nous installer dans le coin salon séparé de la cuisine américaine par une belle table. J'abandonnai mes amies afin d'aller aider mon exorciste. Je contournai le bar pour le rejoindre.

— Qu'est-ce qu'il se passe de si sérieux avec Michaël ? demandai-je tout de go.

Nathan me tendit une première tasse pour Amélie dans laquelle je mis deux sucres. Mes amies nous regardaient par-dessus le dossier du canapé mais elles ne pouvaient pas nous entendre.

— La porte de l'Enfer n'était pas refermée quand il est venu m'aider.

— Et alors ? Ce n'était plus qu'une petite crevasse ridicule.

— C'était suffisant pour laisser passer un démon, révéla-t-il.

— Quoi ?!

Mon ton surpris alerta Sadia et Amélie. Je leur fis signe que tout allait bien avant de retourner mon attention sur Nathan qui me regardait bizarrement.

— Désolée, m'excusai-je. Je ne m'attendais pas à ça, et surtout pas balancé de cette manière.

Je marquai une pause pour réfléchir.

— Tu es en train de me dire qu'un démon a pris possession de Michaël ? résumai-je.

— Oui, et pas n'importe lequel. D'ordinaire, seuls les démons mineurs prennent possession des humains, les majeurs préférant conclure des pactes. Mais la situation est différente aujourd'hui, ajouta-t-il en me tendant la tasse pour Sadia.

Je ne la sucrai pas. J'attendis que Nathan me donne des cuillères puis j'apportai le tout à mes amies.

— Donna, ça va ? me demanda Amélie en prenant son café.

— Oui. On a juste un truc à voir ensemble et on arrive. Je reviens.

Je filai retrouver Nathan qui reprit son explication concernant un démon majeur du nom de Sytry, grand prince de l'Enfer, en mission sur Terre pour retrouver Cerbère avant que les âmes ne foutent le bordel en bas. Aux dernières nouvelles, l'Ordre de Saint-Jean de Jérusalem n'était pas étranger à cette disparition. Michaël avait accepté de conclure un pacte avec Sytry et Nathan pour que le démon reste dans son corps le temps de régler l'affaire. Car si les Hospitaliers étaient impliqués, ils ne laisseraient pas Nathan libre de ses mouvements, d'où l'aide de Sytry. Ses pouvoirs, même diminués par l'enveloppe charnelle qu'il parasitait, pourraient se révéler utiles.

Quand mon exorciste eut fini son explication, je le fixai avec des yeux ronds comme des soucoupes. J'avais buggé. Je savais que la situation n'était pas bonne, mais je ne savais pas à quel point.

— Concrètement, ça veut dire quoi pour Michaël ? Est-ce qu'il va finir par devenir comme ces petites que tu as exorcisées ?

— Non. Michaël va vivre quelque temps en symbiose avec Sytry et une fois Cerbère retrouvé, ou le démon partira de lui-même, ou je l'exorciserai.

Mais en attendant, Michaël va devoir résister à Sytry et ce n'est pas évident si on prend en compte qu'il a accès à tous ses souvenirs, à toutes ses envies, à toutes ses peurs et qu'il peut même prendre le contrôle de son corps et parler à sa place. J'ai posé des restrictions, cependant Sytry est assez malin pour les contourner. Et c'est là que tu interviens.

— Moi ? Comment ? En l'assommant dès que Sytry fait des siennes ?

Nathan sourit.

Oh ! J'avais réussi à le faire sourire !

— Je pensais plutôt en l'écoutant s'il a besoin de parler et en prenant régulièrement de ses nouvelles. Il ne faut pas le laisser seul sinon Sytry finira par lui faire perdre la tête.

Nathan me tendit mon café que je posai sur le plan de travail avant de m'en désintéresser. Il y avait une évidence que mon exorciste semblait ne pas voir, ou ignorer.

— Quand est-ce que Michaël est venu te voir ? questionnai-je.

— Hier en fin de soirée.

— Nathan... Hier soir, Dylan et moi avons mangé chez Michaël et il ne nous a parlé de rien. De rien du tout.

Mon exorciste ne me regarda pas, préférant fixer la cafetière. Je vis à son expression qu'il savait où je voulais en venir, pourtant, je continuai.

— Il a préféré venir ici malgré ta volonté de ne plus nous voir. Il a confiance en toi plus qu'en nous. Pourquoi est-ce que tu refuses de le protéger toi-même ?

— Je n'aurai pas le temps, argua-t-il après une hésitation.

— Il y a deux mois je t'aurais cru, mais pas aujourd'hui. Tu prends le temps d'aider ceux qui en ont besoin. Il y a autre chose.

— Rien que tu ne doives savoir.

— Père Luc nous a dit pour David, confiai-je dans l'espoir de l'inciter à parler.

La tasse qu'il avait sortie pour lui explosa dans sa main, nous éclaboussant de café chaud au passage. J'essuyai grossièrement mon pull marron avant de lever les yeux vers Nathan : les siens étaient terrifiants de souffrance et de colère.

— Donna, ça va ? me demanda Sadia.

L'intervention de mon amie lui fit retrouver le contrôle de lui-même. Il rassembla les plus gros morceaux et les jeta à la poubelle.

— Va avec tes amies, je vais nettoyer.

Soucieuse de ne pas remuer davantage le couteau dans la plaie, j'attrapai ma tasse et filai rejoindre mes amies qui me dévisageaient comme si j'avais trahi leur confiance. Amélie se rapprocha et se pencha sur Sadia pour que je l'entende chuchoter :

— Tu nous expliques ?

Je devais trouver un mensonge plausible. Qu'est-ce que je pouvais dire pour ça ?

— Je l'ai recroisé par hasard quelque temps après la Saint-Valentin. Je l'ai abordé mais il a surtout sympathisé avec Michaël, qui était avec moi, et du coup on a été amené à se revoir plusieurs fois.

— Il est célibataire ?

Je levai les yeux au ciel. Amélie ne changerait jamais.

— Il est homo, murmurai-je.

Elle souffla, dépitée. Eh ouais, c'était souvent comme ça.

— Pourquoi il voulait te voir ? demanda Sadia.

Mentir plausible. Surtout, mentir plausible...

— Pour faire des photos. Il veut se lancer dans le mannequinat.

C'était plausible, ça ?

Amélie jeta un coup d'œil à mon exorciste.

— Il va cartonner, commenta-t-elle.

Ça l'était !

Finalement, je ne m'en sortais pas trop mal.

Je me tournai à mon tour pour observer Nathan. Si j'avais eu un appareil photo en mains à cet instant, j'aurais pu immortaliser la faille qui s'était ouverte en lui à l'évocation de son ancien petit-ami mort dans ses bras. J'avais été totalement stupide de lui dire ça, j'aurais dû me douter de l'impact que ça aurait sur lui mais j'avais espéré... Je ne sais pas. En fait si, je savais. C'était un peu fou, mais j'aurais espéré que Michaël soit celui qui serait assez fort pour vivre aux côtés de Nathan.

C'était un peu fou, oui...

CHAPITRE 8

Nathan – Saint Exorciste
Chevalier de l'ordre de Saint-Jean de Jérusalem

Je raccrochai avec Père Luc avant de poser mon portable sur mon bureau et de basculer contre le dossier de ma chaise tout en soupirant. Depuis notre entretien concernant la disparition de Cerbère, il tentait de grappiller des infos en douce auprès des autres Hospitaliers. Pour l'instant, il faisait chou blanc et moi je tournai en rond en attendant de trouver une piste. C'était rageant de ne rien pouvoir faire, pourtant je n'avais pas vraiment d'autre choix que la patience. Quelqu'un finirait bien par bouger ou par commettre une erreur.

Ma sonnerie retentit soudain dans le calme de mon bureau. Je me redressai puis décrochai en voyant le numéro de Michaël :

— Un problème ? m'enquis-je.

— *Euh, non,* répondit mon interlocuteur d'une voix basse comme s'il ne voulait pas que sa conversation soit surprise. *Enfin, je crois pas. Sytry a senti un truc bizarre, du coup on a suivi la piste jusqu'à une usine où y'a du mouvement.*

J'entendais en effet la circulation en bruit de fond.

— Tu es tout seul ?

— *Non, y'a Donna et Dylan.*

— Envoie-moi l'adresse et ne bougez pas d'un pouce jusqu'à mon arrivée. Ne tentez rien, toi en particulier. Peu importe ce que dira Sytry, ça sera une mauvaise idée. Compris ?

Il y eut un blanc.

— Michaël ? C'est sérieux. Ne tente rien.

— *OK. On t'attend.*

— J'arrive, assurai-je en me levant.

Je filai à mon entrée pour passer mon équipement de motard pendant que mon téléphone sonnait pour m'annoncer l'arrivée d'un nouveau message. J'attrapai les clés de ma moto et descendis. Une fois l'itinéraire mémorisé, je filai dans les rues étroites du centre d'une Toulouse crépusculaire jusqu'à Montaudran où se trouvait l'ancienne usine Latécoère dont certains halls pouvaient être loués. Je me garai un peu loin afin que le moteur de ma grosse cylindrée n'attire pas l'attention, puis je terminai le trajet à pied en veillant à me faire aussi discret qu'une ombre. Une fois près de l'ancienne usine, je ne trouvai aucune trace de Michaël, Donna et Dylan, ni même d'une quelconque personne. J'attrapai mon portable et envoyai un texto : « *Vous êtes où ?* ». La réponse ne se fit pas attendre : « *Sur la galerie, façade est.* »

Je vérifiai une nouvelle fois que la voie était libre puis je me dirigeai à pas de loup vers leur position. Je grimpai sur des caisses entassées près d'une porte avant de me hisser sur le toit de la galerie. Je vis les trois comparses le nez collé à de grandes fenêtres donnant sur l'intérieur. Ils tournèrent la tête vers moi lorsque je les rejoignis.

— Qu'est-ce que vous faites là ? demandai-je.

— Je te l'ai dit, répondit Michaël, perdu.

— Pas toi. Je parle des deux zigues, là, précisai-je en désignant Donna et Dylan du menton.

Si Dylan se sentit mal à l'aise, Donna répondit avec son aplomb habituel et son sourire lumineux :

— Un coup de chance !

Une lueur amusée dut passer dans mes yeux car Donna ne se départit pas de sa bonne humeur jusqu'à ce que je focalise mon attention sur ce qu'il se passait à l'intérieur de ce hall d'usine. À notre droite se trouvait un laboratoire éphémère tandis qu'à notre gauche, des paravents médicaux semblaient cacher des médecins et leur patient. De notre position, il était impossible de voir de qui il s'agissait. Je m'éloignai un peu de la vitre, imité par mes trois compagnons, avant de me tourner vers Michaël :

— J'ai besoin de parler à Sytry.

Il y eut un silence avant que la voix un peu trop grave de Michaël me confirme la présence du démon :

— Je ne sais pas si ça a un rapport avec Cerbère, me dit-il, mais ce qui se trouve dans cette usine est lié à l'Enfer.

— Ça pourrait pas être Cerbère lui-même ? hasarda Donna.

— Non, affirma Sytry. Cerbère fait dans les seize mètres de haut.

Aux yeux arrondis de stupeur qu'elle ouvrit, je compris qu'elle venait de visualiser la masse de la bête et son impossibilité à rentrer sous un plafond de seulement huit mètres.

— Je suis le seul à me demander comment des types ont pu chouraver un chien à trois têtes haut de seize mètres ? demanda Dylan.

— Toute la question est là, répondit Sytry.

Le démon avait raison. Si on trouvait comment cette prouesse avait été possible, on trouverait son auteur à coup sûr. Le seul problème, c'était que je ne voyais pas du tout comment réaliser un tel exploit. Même un cardinal de l'Ordre ne serait pas assez puissant pour le faire. Du moins, pas tout seul.

— Sytry, tu peux disposer. Je vais aller jeter un œil à l'intérieur, annonçai-je lorsque Michaël hocha la tête pour me faire comprendre qu'il était aux commandes. Vous trois, rentrez.

— On ne te laisse pas tout seul, objecta Donna.

— Je ne te demande pas ton avis.

— Nous non plus, la soutint Michaël.

— Je..., commençai-je.

Je me tus au moment où un faisceau lumineux provenant du parking nous frôla.

Nous nous plaquâmes tous au sol et fîmes silence. Les voix de deux vigiles montèrent jusqu'à nous.

— Je te dis que j'ai entendu un truc, disait l'un.

— La prolongation de l'état d'urgence te tape sur le système, le railla l'autre. À part des chats y'a rien dans le c...

— Chut !

Un silence angoissant tomba. Je rampai avec précaution vers le bord du toit de la galerie, imité par Michaël. Je m'autorisai un coup d'œil rapide en contrebas : les hommes de la sécurité, armés de pistolets à impulsion électrique, inspectaient les caisses qui nous avaient permis de monter. S'ils les escaladaient, on se ferait cueillir sans rien pouvoir faire.

Il nous fallait une diversion.

Mes têtes de mort s'illuminèrent doucement lorsque je canalisai mes pouvoirs dans mes mains.

— Une fois que je les aurai attirés loin, Donna, Dylan et toi partez, ordonnai-je à Michaël sans quitter les vigiles des yeux.

Je m'apprêtai à me lever quand Michaël me retint et m'obligea à me rallonger. Je tournai la tête vers lui, prêt à l'envoyer bouler, quand je vis que nos visages étaient si proches que je sentais son souffle chaud sur ma peau fraîche. Mon irritation retomba aussi sec, laissant la place à un désir sourd de goûter sa bouche maintenant.

— Ils sont armés, chuchota Michaël en une vaine tentative pour me raisonner.

Mon regard passa de ses lèvres à ses yeux.

— Ils ne me toucheront pas.

Malgré mon affirmation, les doigts de Michaël sur mon manteau ne se décrispèrent pas, bien au contraire. Mais ils étaient moins dissuasifs que ses beaux iris qui exerçaient sur moi une attraction fascinante.

Je me ressaisis quand j'entendis un des deux hommes en bas escalader les caisses.

— J'y vais.

À l'instant où je disais ça, deux gros chats se battirent sauvagement sur le toit de la galerie avant de détaler en direction du vigile. L'homme poussa un cri aigu de surprise tandis que son coéquipier riait aux éclats de sa frayeur. Un coup de chance pareil, c'était l'effet Donna.

— Ben alors, tu te laisses intimider par deux matous, l'anti-terroriste ? charria le deuxième homme.

— C'est bon, la ramène pas, répliqua sèchement l'autre en retrouvant la terre ferme. Putain, je crois que y'en a un qui m'a griffé au passage.

— C'est parce que c'étaient des flics belges en opération spéciale !

Il se mit à rire à gorge déployée de sa propre blague tout en entraînant son collègue de l'autre côté de l'usine, libérant ainsi la voie. Je me tournai vers Donna et Dylan :

— On descend.

Je me redressai et filai jusqu'aux caisses, suivi par le reste du groupe. Je descendis le premier pour m'assurer que personne n'arrivait avant de faire signe aux autres de me rejoindre. Ils passèrent ensuite devant moi, direction la voiture de Michaël garée à un bon kilomètre. Avant d'aller voir ce qui se tramait dans le hall, je voulais m'assurer qu'ils partiraient vraiment.

Michaël déverrouilla sa voiture pour que Donna et Dylan puissent s'installer à l'intérieur. Je profitai d'être seul avec le conducteur pour éclaircir un point :

— La prochaine fois, appelle-moi *avant* de bouger. Ça pourrait être dangereux.

— Désolé. J'ai suivi Sytry dans le feu de l'action, je n'y ai pas pensé... Tu vas y retourner ?

— Oui. Il faut que j'en sache plus.

— Je viens avec toi.

— Non, refusai-je en le repoussant. Vous rentrez.

Il pencha un peu la tête, juste une fraction de seconde, avant de dégager ma main de dessus son torse d'un geste énervé.

— Je ne suis pas en sucre, se défendit-il.

— Mais tu n'es pas invulnérable.

— Je pourrais t'être utile en cas de problème.

— Je refuse de te laisser courir ce risque.

— Putain mais arrête avec tes airs de héros maudit et solitaire ! tonna-t-il. On a tous perdu un proche et on n'en fait pas des caisses !

Un coup de massue. Ce fut l'effet que me firent ses paroles. Tellement blessantes portées par sa voix grisante, tellement venimeuses venant de lui.

Mes épaules s'affaissèrent sous le poids de mon silence. Je ne sus pas quelle expression passa sur mon visage pour faire naître sur le sien autant de remords, mais elle devait être pitoyable. Je l'étais peut-être moi-même ?

Michaël ouvrit la bouche pour parler, je lui tournai le dos avant. Je n'avais pas envie d'entendre d'autres reproches, ni même des excuses car ce qu'il venait de dire était le reflet plus ou moins fidèle de ses pensées. Après tout, Sytry n'avait pas le droit de lui mentir et quand bien même il l'influencerait, Michaël n'aurait rien dit s'il ne le cautionnait pas.

Alors que je m'éloignais, j'entendis une portière claquer. Puis le moteur démarra et les pneus couinèrent sur le bitume quand la voiture partit en trombe.

Bon débarras.

CHAPITRE 9

Nathan – Saint exorciste
Chevalier de l'ordre de Saint-Jean de Jérusalem

Il me fallut faire tout le tour de l'usine avant de trouver une porte par laquelle entrer. Mes récentes aptitudes à la télékinésie me permettaient de déverrouiller aisément des serrures, mais je devais éviter de rentrer trop près du labo au risque de me faire repérer. Les deux premiers halls que je traversai étaient vides à cette heure-ci. Ce fut donc sans mal que j'atteignis le troisième, fermé par des cloisons mobiles positionnées entre des colonnes de pierres. Cependant, un espace était dégagé en haut, à presque quatre mètres du sol.

C'était ma seule chance.

Je fermai les yeux et fis le vide dans mon esprit, repoussant avec violence le souvenir des paroles cruelles de Michaël. Une fois parfaitement concentré, j'ouvris les yeux tout en déployant mon pouvoir pour léviter. Centimètre par centimètre, je me rapprochai de mon objectif. Je gardai le regard rivé sur l'ouverture quand mon corps commença à trembler sous l'effort phénoménal que j'étais en train de fournir. À cet instant, je fus certain d'être incapable de tenir plus longtemps pourtant il le fallait. J'y étais presque. Je montai encore un peu, tendis les bras au-dessus de moi et m'agrippai au rebord avant de sentir tout mon poids tirer sur mes doigts.

Essoufflé et vidé, je laissai le temps à mon cœur de retrouver un rythme normal. Une fois ma respiration régulée, je me hissai dans un dernier effort en veillant à me plaquer contre la colonne. Même si lever la tête n'était pas un réflexe pour les humains, je préférais rester discret. Je m'assis pour observer l'activité en bas et ne bougeai plus.

De ma position, je vis enfin ce que cachaient les paravents médicaux et la vision me hérissa le poil : couché sur une table d'opération, endormi, un énorme chien noir semblable à un gros Fila de Saint Miguel à la musculature anormalement développée était étudié sous toutes les coutures. Mon esprit ne parvenait pas à connecter les humains avec ce qui était sans nul doute possible un molossoïde de l'Enfer. Que les créatures infernales profitent de l'absence de Cerbère pour se glisser dans ce monde était une chose, mais comment des êtres humains pouvaient-ils l'avoir trouvé et capturé ?

Ce n'était pas bon. Quoi que fassent ces médecins, ce n'était pas une bonne idée. Je devais récupérer ce chien à tout prix et le plus vite possible.

Je restai parfaitement immobile durant ce qui me sembla une éternité, regardant l'équipe s'affairer autour de l'animal maintenu sous anesthésie. Pour combien de temps ? Son métabolisme finirait par trouver un moyen d'annihiler les effets de la sédation. Et à ce moment-là, ce serait le carnage assuré.

J'écoutais les scientifiques parler entre eux sans comprendre la moitié de ce qu'ils disaient à cause de leur jargon. Malheureusement pour moi, aucune information ne filtra sur la ou les personnes pour qui ils travaillaient ni sur ce qu'ils attendaient de leurs examens minutieux.

Ce fut vers minuit que les choses devinrent enfin intéressantes, quand le molosse échappa au contrôle des médecins : il était en train de se réveiller. Un grand bonhomme sec comme une brindille brûlée par le soleil d'été se tourna vers une de ses collègues :

— Appelle le chevalier et dis-lui de venir tout de suite. La bête se réveille.

La femme détala.

Un chevalier ? Il y avait donc bel et bien un ver dans la pomme. À moins que tout le fruit soit pourri ? Non, c'était peu probable. La plupart des Hospitaliers étaient des hommes de foi. Un peu étroits d'esprit et pas très futés, mais pas dangereux pour un sou. Si la bête restait tranquille assez longtemps, je verrai de qui il s'agissait, mais vu comme elle remuait, ça m'étonnerait qu'elle attende autant.

Le médecin tenta d'augmenter la dose, sans succès. Le molosse ouvrit ses yeux de braise. Hagard, il tenta de lever la tête avant de la reposer sur la table en acier inoxydable.

La panique gagna tout le hall. Les scientifiques sortirent du périmètre délimité par les paravents pendant que des hommes armés l'encerclaient. Les pauvres... Croire que des armes arrêteraient une telle bête était naïf.

Le molossoïde parvint à se redresser sur ses quatre pattes. Malgré son équilibre précaire, il descendit de la table d'opération, arrachant toutes ses perfusions et ses électrodes au passage. Derrière les paravents, les hommes armés ne bougeaient pas, ce qui ne leur évita pas de se faire repérer par l'animal. Ce dernier évalua rapidement la situation et le nombre de ses ennemis. Dès l'instant où il fut certain d'avoir l'avantage, il cracha une gerbe de feu à la manière d'un dragon tout en tournant sur lui-même. Les paravents furent balayés tandis que les flammes se collaient aux vêtements des assaillants, leur arrachant des cris atroces de souffrance pure. Je sautai dans le vide tout en activant mes pouvoirs pour léviter et ainsi atterrir en douceur, puis je me précipitai vers les malheureux inconscients pour éteindre le brasier sur chacun d'eux. Et tandis que je m'employai à guérir leurs brûlures, le chien de l'Enfer me dévisagea de ses yeux incandescents avant de se désintéresser de moi et d'ouvrir un trou béant dans le mur d'un seul coup de tête.

Je me dépêchai de terminer mon entreprise pour ne pas laisser le temps au chien d'aller trop loin au risque de ne plus pouvoir le retrouver. Une fois assuré que mes patients allaient bien, je m'élançai par l'ouverture de fortune. Heureusement pour moi, la créature n'était pas encore remise de son anesthésie. Elle marchait d'un pas incertain en tentant de se repérer dans l'espace. Je la retrouvai à une centaine de mètres de l'usine, titubante.

Je la sifflai brièvement mais elle ne se retourna pas. Je recommençai, attirant enfin son attention. À son air mécontent, je compris qu'elle n'appréciait pas mon approche. Elle m'envoya une gerbe de feu que ma main gauche dissipa sans mal, attisant la curiosité et l'intérêt de l'animal. Je comptais bien en profiter.

Je m'accroupis en signe d'apaisement. Après une hésitation, le molossoïde approcha avec prudence puis s'arrêta à une distance qu'il jugea raisonnable mais qui, altérée par son état de semi-conscience, l'amena à seulement un mètre de moi, me permettant de voir que j'avais affaire avec une belle femelle.

— Tu sais qui je suis ? demandai-je.

Elle me répondit par la négative.

— Je suis le Saint Exorciste. Je peux t'aider à retourner en Enfer si tu...

— Je me suis échappée de l'Enfer, me coupa-t-elle. Ce n'est pas pour y retourner par ta main.

— Tu ne peux pas rester sur Terre. Pas en liberté.

— Alors comment puis-je y rester ?

— Tu ne peux pas. Tu es une créature infernale.

— Je n'ai pas choisi de l'être. Là-bas je ne peux pas manger à ma faim car je suis la plus faible. Je suis toujours affamée.

— Alors tu as profité de l'absence de Cerbère pour t'enfuir, compris-je.

Elle approuva d'un signe du museau.

— Tu sais où il est ?

— Non. Nous étions tous derrière les portes lorsqu'il a disparu.

— Tu n'as rien entendu ?

— Non.

Voilà qui ne m'aidait pas. Cela épaississait au contraire le mystère entourant sa disparition.

Je soupirai, fatigué et dépité. Il était tard, j'avais besoin de dormir.

— Tu as un nom ? demandai-je à la chienne.

— Non.

Il fallait que je lui en trouve un, ce serait plus pratique tant qu'elle resterait avec moi. Le seul problème était que je n'avais aucune imagination pour les noms, et je n'avais pas grand-chose sous les yeux pour m'aider à part ma moto à quelques mètres devant.

En fait, j'avais trouvé :

— Alors je t'appellerai Aprilia pour le moment. Je vais t'amener chez moi, tu y resteras jusqu'à ce que je prenne une décision te concernant. Et si tu ne veux pas, je te renvoie en Enfer illico.

Aprilia baissa la tête. L'idée de retourner là-bas ne lui plaisait vraiment pas. Pauvre bête.

Elle me suivit des yeux lorsque je me redressai et que je commençais à m'éloigner. Elle resta immobile quelques secondes avant de m'emboîter le pas sans entrain et ne me rattrapa qu'une fois près de mon deux-roues. Je la fixai tout en mettant mon casque.

— Au fait, j'espère que tu n'as rien contre les esprits de la maison.

Et j'espérais que Tit n'aurait rien contre une créature infernale renégate sinon j'allais l'entendre chanter.

CHAPITRE 10

Michaël – Possédé par Sytry

Ma nuit fut épouvantable. Mon manque de sommeil n'était pas dû à Sytry mais à la culpabilité d'avoir blessé Nathan par mes paroles cruelles. Bien sûr que nous avions tous perdu un être cher mais pour la majorité, ce n'était pas notre premier amant et aucun d'entre nous ne vivait avec la peur de voir ses proches mourir à cause d'un danger inévitable qui nous guettait à chaque instant.

Je m'étais comporté comme le dernier des enfoirés et le fait que Sytry me susurrait ses idées n'excusait rien. J'avais été maître de mes paroles et parfaitement conscient de l'impact que ça aurait sur Nathan mais... Je crois que j'étais en colère parce qu'il m'écartait à chaque fois, alors j'avais voulu le blesser. Je n'aurais jamais cru me blesser plus que lui.

« Tu es un lâche inutile. Je comprends qu'il ne veuille pas de toi, monstre. »

Je ne répondis pas. Depuis le pacte, je n'en avais plus la force. Il me fatiguait. L'entendre sans cesse était épuisant, pourtant je tenais le coup, surtout maintenant que j'avais la preuve qu'il pouvait être utile. Ce que nous avions trouvé hier soir n'avait aucun rapport avec Cerbère mais la prochaine fois serait peut-être différente. Sytry était mon seul lien avec Nathan et le démon le savait, il en profitait même. Il avait parfaitement comprit que mon envie de rester près de Nathan me pousserait à redoubler de courage pour ne pas craquer.

« *Combien de temps tiendras-tu ?* »

— Le temps qu'il faudra.

« *Tu l'aimes à ce point ?* »

Je ne répondis pas, c'était inutile. Il avait accès à mes pensées, la réponse était évidente pour lui.

« *Tes parents te détesteront. Tu vas encore ruiner leur vie et bafouer leur honneur.* »

— Je ne les ferai plus souffrir.

« *Pourtant tu aimes un homme.* »

— Personne n'en saura jamais rien.

« *Menteur ! Tu crèves d'envie de le dire au Saint Exorciste.* »

— Je ne le lui dirai jamais !

Je me levai et allai à la salle de bain. Avec un peu de chance, Clara aurait laissé une boîte de somnifères. Je fouillai dans l'armoire à pharmacie puis dans les tiroirs où je trouvai les comprimés salvateurs. J'en avalai un sans attendre tout en regrettant de ne pas pouvoir injecter le produit directement dans mes veines. Cela m'aurait évité d'attendre presque une demi-heure avant de ressentir les effets des médicaments.

« *Cette drogue ne t'offrira qu'un répit. Demain, je serai encore là.* »

— Ferme-la, pour l'amour de Dieu !

« *Dieu est aussi lâche que toi. Il reste terré dans son coin en vous regardant lutter pour survivre et il pleure devant les immondices dans ton genre. Tu n'es qu'un monstre qui détruit tout ce qu'il touche. Tu es un fardeau que tes parents traînent depuis trop longtemps. Ta mort les soulagerait tellement.* »

— Tais-toi...

Je sentis des larmes de fatigue couler sur mes joues. À force de l'entendre me traiter de monstre et d'ignominie, je finissais malgré moi par y croire. J'avais rendu mes parents malheureux, j'avais menti à tous ceux que j'aimais, particulièrement à mes petites-amies, et j'étais incapable de m'accepter tel que j'étais. Nathan ne voulait pas de moi et plus le temps passait, plus je m'éloignais de mes potes par peur de ce que Sytry pourrait me faire dire en leur présence. Lentement mais sûrement, il m'isolait et je savais qu'il finirait par me rendre fou si Cerbère n'était pas retrouvé dans les meilleurs délais.

— Pourquoi tu fais ça ?

« *Je ne repartirai pas d'ici les mains vides. Je veux ton âme, humain, et tu me la donneras pour que je te laisse en paix. Oh, ne sois pas choqué, et oublie l'idée de prévenir ton ami car sinon, il m'exorcisera et tu n'auras plus d'excuse pour rester à ses côtés. Tu vois, tu es faible.* »

J'entendis son rire gras vibrer dans tout mon corps à m'en marteler la chair. L'idée d'aller me réfugier chez Nathan m'effleurait encore l'esprit mais Sytry avait raison : si Nathan me voyait débarquer et comprenait que j'avais du mal à supporter le démon, ça en serait fini de notre relation. Or à cet instant, il était tout ce que je voulais, au point de hanter mes jours et mes nuits.

Je fermai les yeux. Une vague de fatigue me submergea. Les médocs faisaient effet, c'était le moment de retourner se coucher. Je bossai dans quelques heures, je devais absolument dormir. Je rejoignis donc mon lit et me glissai sous les draps. Il ne me fallut que quelques minutes de plus pour m'endormir enfin.

Les heures au boulot furent extrêmement longues et pénibles. Heureusement que j'étais cariste depuis un moment parce que j'avais fonctionné au radar toute la journée, ayant même l'impression que mon chariot élévateur conduisait à ma place. En milieu d'après-midi, mon chef était venu me voir pour me conseiller de rentrer chez moi, ce que j'avais fini par faire.

Une fois à mon appartement, je téléphonai au psychiatre qui m'avait suivi à mon arrivée sur Toulouse. Si je n'avais pas l'intention de lui présenter mon nouveau démon plus vrai que nature, il connaissait mes anciens et l'arrivée de Nathan dans ma vie suffirait à justifier mon état à son regard de cartésien. En fait, j'espérais surtout qu'il me prescrive une montagne de somnifères bien costauds histoire que je puisse dormir plus de quatre heures par nuit, sinon je ne tiendrais pas longtemps. Je dus insister pour obtenir un rendez-vous rapidement mais il me faudrait tout de même attendre deux semaines.

Je soupirai de fatigue en raccrochant. Sytry s'agita à ce moment-là.

— Qu'est-ce qu'il y a ? lui demandai-je.

« *Aurais-tu envie d'en apprendre plus sur le Saint Exorciste ?* »

Sa question aussi étrange qu'inattendue me laissa coi.

— Dis-moi ce que tu as en tête si tu veux une réponse.

« *Cela fait un moment que je sens une force ambigüe non loin d'ici. Une force tout à la fois bonne et mauvaise, du genre de celles qu'on utilise pour créer un équilibre.* »

— Un équilibre pour quoi faire ?

« *Pour maîtrise un être à la fois bon et mauvais... comme le Saint Exorciste.* »

— Et tu penses qu'il peut y avoir des infos sur lui là-bas, c'est ça ?

« *Oui.* »

— Des infos qui pourraient t'être utiles pour lui nuire ?

Pas de réponse.

Le contraire aurait été étonnant.

Pourtant, il y avait bien un moyen pour moi d'en apprendre plus sur Nathan sans trop en révéler à Sytry.

« *Tu es malin, monstre.* »

Cette fois, ce fut à mon tour de ne pas répondre. À la place, je téléphonai à Donna qui décrocha rapidement.

— Je te dérange pas ? demandai-je.

— *Non, je viens de terminer les cours et j'allais boire un café avec Amélie, Sadia et Dylan. Mais t'es pas au boulot ?*

— J'ai fini plus tôt. Dis, Sytry pense pouvoir trouver des infos sur Nathan, t'es avec moi ?

— *Maintenant ?*

— Oui.

— *OK. On te rejoint ou tu passes nous prendre ?*

— Je passe vous prendre. Je serai chez toi dans un quart d'heure.

— *Je préviens Dylan, alors. À tout' !*

Je la saluai avant de raccrocher. Je passai mon manteau, attrapai les clés de ma voiture et partis en direction du centre-ville. Sytry ruminait, il n'aimait pas la tournure que je faisais prendre aux choses. J'étais curieux d'en apprendre plus sur Nathan mais je me refusais à donner des informations importantes à l'ennemi. C'était pour ça que j'embarquais Donna et Dylan : ce serait à eux de fouiller son passé et de choisir ce qu'ils me diraient. Ainsi, Sytry ne pourrait pas atteindre Nathan.

« *Je hais ta fidélité.* »

— C'est un réel plaisir de t'emmerder, Sytry.

CHAPITRE 11

Donna – Étudiante en mission secrète

Après que Michaël fut passé nous prendre Dylan et moi, nous l'avions suivi jusqu'à un bâtiment situé rue Perchepinte, qui ne payait pas mine mais qui semblait grand. Avant de faire quoi que ce soit, je tapai l'adresse sur mon smartphone pour voir où nous mettions les pieds. J'en écarquillai les yeux d'étonnement :

— Hé, les gars. On est devant l'archevêché de Toulouse.

— T'es sûre ? me demanda Dylan en regardant par-dessus mon épaule. Ah oui. Remarque, c'est assez logique. Il me semble que l'archevêque est pas si mal placé dans la hiérarchie, non ?

Nous nous concertâmes en silence : aucun de nous ne savait. En revanche, nous avions conscience que ce que nous nous apprêtions à faire n'était ni légal ni moral.

— Si on rentre maintenant alors que c'est ouvert, on va se faire jeter, avança Michaël.

— Alors allons au resto et on revient à la nuit tombée, proposai-je.

La seule façon pour moi de supporter n'importe quel stress était de faire des choses agréables capables de me le faire oublier. Là, j'avais terriblement envie de manger en ville.

Les garçons me regardèrent, surpris, voire un peu incrédules, avant d'approuver l'idée. Puisque nous avions mangé kebab la dernière fois, nous optâmes ce soir pour un italien.

Y'avait pas à dire, les soirées improvisées étaient vraiment les plus mémorables !

Finalement, ayant fini de manger tôt, nous nous étions octroyé le luxe de nous faire un cinéma pour oublier un peu l'angoisse provoquée par ce que nous nous apprêtions à faire. Entre attendre en tournant en rond et attendre en nous occupant l'esprit, notre choix avait été vite fait. Ainsi, l'archevêché était fermé lorsque nous y revîmes. Quand la manière d'entrer fut abordée, Michaël laissa le contrôle à Sytry qui, grâce à ses pouvoirs, déverrouilla la porte avec une facilité déconcertante mais bien pratique.

Dans la cour intérieure, nous suivîmes Sytry jusqu'à une porte sur notre gauche qu'il ouvrit de la même manière que la précédente. Toutes les lampes étant éteintes, nous avançâmes donc à la lumière de nos téléphones portables que nous mîmes sur silencieux. Le démon, toujours au contrôle du corps de Michaël, nous guida jusqu'à un vaste bureau au premier étage. Une fois encore, la porte verrouillée ne lui résista pas.

Tandis que Dylan et moi inspections l'office rapidement, Sytry alluma l'ordinateur posé sur le bureau et passa la protection des mots de passe avec aisance, nous donnant ainsi accès à toutes les archives de l'archevêque.

Il était temps de passer à la suite du plan.

Dylan attrapa Sytry par le bras et l'obligea à se lever.

— Qu'est-ce que tu fais, saleté d'humain ? grogna-t-il.

— Je fais ce que Michaël a dit, je m'assure que tu montes la garde devant la porte le temps qu'on fouille les fichiers.

Il le mit dehors et referma le battant tandis que je branchais les écouteurs de mon téléphone sur la prise son de l'ordi, car je venais de trouver des fichiers vidéos datés entre fin 1995 et fin 1999 – 1999 étant l'année à laquelle Nathan avait été placé sous l'autorité du Père Luc. Dylan s'approcha, me prit une oreillette et la mit. Je lançai la première vidéo sans songer que ce que je m'apprêtais à voir m'inspirerait autant de dégoût que de pitié et de colère.

La caméra qui avait filmé les images en *nightshot* se trouvait dans une pièce séparée d'une autre par un miroir sans tain, comme dans les commissariats. Sauf qu'en guise de salle d'interrogatoire, c'était une chambre qu'on voyait. Une chambre ne comportant rien d'autre qu'un lit simple dans lequel était couché un jeune garçon. Un bandeau en bas de l'écran indiquait que la séquence avait été filmée en juin 1995 à trois heures du matin et concernait l'enfant Nathan Iscariote.

Je tiquai sur le nom.

— Les bâtards, murmura Dylan qui partageait visiblement mon opinion.

Père Luc nous avait dit que Nathan n'avait pas été reconnu par sa mère, c'était donc l'Ordre qui, en plus de lui donner un prénom, lui avait aussi donné un nom, et pas n'importe lequel : celui du Judas qui livra Jésus aux grands prêtres de Jérusalem - je n'étais pas calée en trucs chrétiens, mais cette histoire avait tellement été reprise un peu partout que je ne pouvais pas l'ignorer.

Un mouvement furtif sur l'écran attira soudain mon attention.

— C'était quoi ? demanda Dylan.

— Je ne sais pas.

Quelque chose avait bougé en haut à droite. Dylan et moi nous rapprochâmes de l'écran pour mieux voir. Une créature affreuse apparut au plafond, nous faisant sursauter. Ce qui ressemblait à l'une de ces ombres mouvantes rampa à l'envers et s'arrêta au-dessus du lit avant de se laisser tomber d'un coup sur Nathan.

Son hurlement de terreur dans l'écouteur me tira des larmes d'effroi. Le garçon tentait de repousser son assaillant en le frappant de toutes ses faibles forces mais la créature s'accrochait au point de lacérer sa peau au niveau de sa poitrine. Elle cherchait à atteindre son cœur !

Derrière la vitre sans teint, deux hommes s'approchèrent pour regarder le combat. Au lieu de porter secours à l'enfant, ils observaient la scène en prenant des notes alors que Nathan s'époumonait en appelant à l'aide. Voyant que personne ne venait, il libéra le pouvoir de ses mains. À en juger par l'éclair qui aveugla la caméra une fraction de seconde, c'était un pouvoir qu'il ne maîtrisait pas. Quand l'image revint, la chambre était carbonisée et l'enfant, en larmes, était prostré sur ce qu'il restait de son matelas. Je le vis ensuite se tenir le ventre avant qu'il ne vomisse du sang. Le bracelet glissa tout seul jusqu'à la flaque à laquelle il s'abreuva sous les yeux horrifiés de Nathan qui pleura de plus belle.

Je portai une main à ma bouche, à la fois peinée et révoltée, tandis que les hommes derrière la vitre échangeaient quelques mots que la qualité du son ne me permit pas de bien comprendre. Puis l'image se coupa. La vidéo était terminée.

Je me redressai en essuyant mes larmes.

— Donna, m'interpela mon petit-ami. Il doit y avoir plusieurs centaines de vidéos.

J'en ouvris une autre qui me montra la même scène sur une durée à peu près égale, et je pris alors conscience de tout ce qu'avait vécu Nathan durant quatre ans.

— Tu...

Ma voix s'était enrouée, je me raclai la gorge pour l'éclaircir.

— Tu as une clé USB sur toi ?

Dylan fouilla dans la poche de son pantalon :

— Une 250 Go, ça ira ? me demanda-t-il en me tendant l'objet noir.

Je l'attrapai sans répondre et l'insérai sur le port USB 3.0 avant de copier et coller toutes les vidéos dessus. Le transfert ne demanderait que quelques minutes compte tenu du faible poids des fichiers.

— Donna, pourquoi tu les prends ?

— Parce que je veux toutes les regarder et je veux que tu essayes d'améliorer le son pour qu'on puisse entendre ce que disent les types.

— J'aime quand tu penses à me donner du boulot même dans les situations les plus bizarres, confessa-t-il d'une voix chaude en déposant un baiser dans mon cou.

Son contact me rasséréna plus que je n'aurais pu l'imaginer et je fus contente qu'il soit près de moi. Il ne m'avait pas reproché de l'avoir tenu à l'écart du dernier exorcisme, trois semaines auparavant, juste avant qu'une porte de l'Enfer s'ouvre. Au contraire, même. Et depuis, il me suivait dans toutes mes aventures sans même demander si cela pouvait être dangereux ou non. Tant que j'y allais, il me suivait, et cela le représentait tellement bien que je fus certaine, à cet instant, de retomber amoureuse de lui.

— C'est fini, annonça-t-il.

Mon cœur manqua un battement lorsque j'imaginais qu'il parlait de nous, mais il retrouva un rythme normal lorsque mes yeux tombèrent sur l'écran d'où la fenêtre de téléchargement avait disparu. Je poussai un grand « ouf ! » intérieur avant de fermer toutes les fenêtres et d'éteindre l'ordinateur. Dylan récupéra sa clé et moi mes écouteurs, puis nous rejoignîmes Michaël dans le couloir. Vu son air calme, il avait dû reprendre le contrôle de son corps et reléguer Sytry à l'arrière-plan.

— Alors ? demanda-t-il.

— On doit tout visionner avant de pouvoir te dire.

Son regard passa de Dylan à moi, puis il acquiesça finalement.

— Est-ce qu'on fait un petit tour ? proposa-t-il.

— Sytry en pense quoi ? demanda mon compagnon.

— Rien, il fait la gueule.

— C'est un peu risqué d'ouvrir des portes au hasard, fis-je remarquer. On ne sait pas si quelqu'un vit là ou pas. On devrait peut-être se contenter de ce qu'on a pour le moment, non ?

— J'approuve, dit Dylan.

— Ouais, c'est peut-être le mieux. Alors allons-y.

Michaël alluma le mode lampe torche de son smartphone avant de nous guider jusqu'à l'extérieur où il l'éteignit puisque les lumières de la ville nous permettaient de nous faufiler dans la cour. Dans la rue, nous courûmes pour rejoindre la voiture de

Michaël, garée à deux rues de l'archevêché, à côté de laquelle nous prîmes le temps de respirer un peu.

— Vous allez regarder les vidéos quand ? interrogea Michaël.

— Je vais commencer ce soir, répondit Dylan. J'aimerais en profiter pour essayer de nettoyer la bande son.

— On te dira dès qu'on pourra, lui assurai-je.

— OK. Je vous ramène ?

— Avec plaisir ! acceptai-je.

Nous montâmes en voiture et laissâmes notre chauffeur nous conduire jusqu'à chez moi afin que mon petit-ami puisse récupérer sa voiture. Tandis qu'il la rejoignait, je profitai d'être seule avec Michaël pour aborder un sujet que j'évitai depuis trop longtemps :

— Michaël, commençai-je d'une voix calme. Je sais que tu vas t'énerver mais j'aimerais savoir pourquoi tu t'intéresses autant à Nathan ?

— Et toi ? me retourna-t-il en me faisant face.

— Quoi moi ?

— Tu t'y intéresses autant que moi, est-ce que je dois en déduire que tu en pinces pour lui ?

— Non !

— Ben alors pourquoi tu penses que c'est mon cas ?

Sa répartie me scotcha sur place un instant.

— Parce que tu es allé le voir pour Sytry alors que tu ne nous as rien dit, répondis-je.

— Tu aurais pu m'aider ?

— Non, avouai-je à contrecœur. Et le flux guérisseur ?

— Père Luc a dit que c'était certainement dû à mon prénom, expliqua-t-il.

— Et la manière dont tu le regardes ?

Cette fois, ce fut lui que je scotchai sur place. Il ne baissa pas les yeux mais il ne répliqua rien.

— Pourquoi, après la fermeture de la porte de l'Enfer, tu es allé chez Nathan directement après le boulot sans même prendre la peine de passer chez toi ne serait-ce que pour manger un bout ? continuai-je. Pourquoi tu l'as empêché de se lever à l'usine lorsque les vigiles venaient vers nous ? Pourquoi tu étais tellement en colère au moment de partir, ce soir-là ?

Il détourna le regard.

— Si je pense que tu en pinces pour lui, repris-je, c'est parce que j'ai l'impression d'être présentement à côté d'un mec amoureux. Je veux juste savoir si mon impression est la bonne... même si je pense que oui.

Je vis les doigts de Michaël serrer le volant alors qu'il se faisait violence pour retenir tout ce qu'il voulait réellement me dire. À la place, il cherchait ses mots, et ceux qu'il choisit ne me plurent pas du tout :

— C'est pas de ma faute si tu crois à tes propres scénarios, Donna.

Sous-entendu : j'étais une mythomane.

Je vis rouge.

— Et ce n'est pas de ma faute si tu n'as pas les couilles d'admettre la vérité, taclai-je.

Il me fixa de nouveau, l'air choqué, peut-être blessé. Il n'accusa qu'un regard noir de ma part. Sans rien ajouter, je sortis de sa voiture et montai dans celle de Dylan qui m'avait attendue. Qu'il ne veuille pas en parler, je comprenais. Qu'il me donne le mauvais rôle, c'était hors de question. J'espérais qu'il prendrait le temps de réfléchir à ce qu'il venait de faire. En attendant, je comptais bien me concentrer sur les personnes qui en valaient la peine, comme Dylan et Nathan.

Mon petit-ami et moi avions des choses à apprendre.

CHAPITRE 12

Dylan – Embarqué malgré lui dans l'aventure.
Enfin, presque.

Donna semblait furieuse lorsqu'elle monta dans ma voiture, aussi pris-je soin de ne surtout pas parler durant le trajet qui nous amena jusqu'à chez moi.

Quentin et Lucas, mes deux colocs, nous saluèrent lorsque nous rentrâmes mais ma copine coupa court à la conversation ce qui, entre nous, m'allait bien puisque j'étais aussi curieux qu'elle de regarder les vidéos que nous avions rapportées. Une fois dans ma chambre, j'allumai mon ordinateur avant de les transférer dessus pendant que Donna se changeait pour la nuit. Quand elle me rejoignit, nous nous mîmes au visionnage et la seule chose que je pouvais dire, c'était que j'étais heureux de ne pas être de nature peureuse car les créatures qui défilaient sur les enregistrements étaient toutes très peu engageantes. Mais le pire, c'était qu'elles étaient toutes réelles et ça, c'était franchement flippant.

— Tu crois que Nathan savait qu'il était filmé ? demandai-je après la dixième vidéo.

— Je ne sais pas, répondit Donna d'une voix blanche. Et je ne sais pas pourquoi ils ont fait ça.

— C'est peut-être comme dans le « Caméléon », quand le Centre filmait Jarod : pour le tester et voir comment il réagissait seul face à ce genre de situation.

— Sauf que Nathan n'avait pas de Sydney pour le soutenir. Il était tout seul, et il ne faisait pas face à des problèmes de logique mais à des monstres qui voulaient le tuer.

Je trouvais déjà ça malsain dans cette série des années 90 que Donna m'avait fait découvrir récemment, mais là c'était pire. Cette histoire était incroyable. Même avec des preuves sous les yeux, j'avais du mal à croire qu'un gamin puisse tuer des êtres infernaux grâce à un pouvoir inexpliqué libéré par ses mains. Pas étonnant que son Ordre ait eu les pétoches. Mais de là à le tester pendant quatre ans, à lui coller le nom lourd de sens d'Iscariote et à l'isoler, il y avait un gouffre. Leurs grandes idées leur avait fait oublier que Nathan était avant un tout un gamin qui avait besoin d'affection et de repères, d'autant plus vu sa situation particulière. C'était un miracle qu'il ne soit pas devenu taré vu les nuits cauchemardesques qu'il avait passées.

Alors que je lançais une nouvelle vidéo, je sentis Donna poser sa tête contre mon épaule. Je compris pourquoi en regardant l'heure :

— Tu devrais aller te coucher, Donna, tu as cours demain et c'est déjà une heure du matin.

— *On* a cours, rectifia-t-elle.

— Je vais sécher.

Elle me dévisagea, interloquée.

— Vu mon assiduité et mes notes, je pense que personne ne dira rien si je loupe un jour, argumentai-je. Puis à l'inverse de toi, j'ai un boulot assuré une fois mon diplôme en poche.

Donna fit la moue :

— Ça sert d'avoir des parents dans le milieu...

Je me tournai vers elle et lui caressai la joue.

— Toi tu n'auras pas besoin de piston pour être embauchée, ton talent t'ouvrira toutes les portes.

Touchée, elle noua ses bras à mon cou et me chuchota un « je t'aime » brûlant qui me fit frissonner de la tête aux pieds. Je l'attrapai par la taille et la fit s'asseoir à cheval sur moi. Sa chemise de nuit remonta en haut de ses cuisses, m'offrant la délicieuse vision de leur chair ferme. La température de mon corps grimpa en flèche quand ma copine m'embrassa à pleine bouche. Mes doigts effleurèrent sa peau douce jusqu'au tissu fin de sa culotte. Ils glissèrent dessous mais Donna posa ses mains sur les miennes pour les ramener sur ses cuisses tout en brisant le contact de nos lèvres.

— Je suis désolée, murmura-t-elle. Je crois que je ne suis pas encore prête.

Je saisis ses hanches afin de la coller contre mon torse. Mon cœur impatient tambourinait dans ma poitrine et résonnait dans la sienne.

— Puisque tu me l'as demandé, je vais être honnête avec toi, mon cœur. Je comprends que tu veuilles prendre ton temps et que tu appréhendes, mais parce que je t'aime j'ai envie de toi. J'ai *furieusement* envie de toi à tel point que ça devient même dur de dormir à tes côtés parce que j'ai envie de me glisser entre tes jambes et de te faire l'amour, confessai-je d'une voix sucrée.

Son cœur doubla de cadence, dépassant même le mien dans cette course effrénée.

— On a toujours peur la première fois, repris-je. Pour toutes les premières fois, dans tous les domaines. Le seul moyen pour ne plus avoir peur c'est de faire en sorte que cette première fois soit derrière nous. Et pour ça, il faut prendre le risque de se lancer.

— Mais si je te déçois ? demanda-t-elle du bout des lèvres.

Cette fois, je l'obligeai à se reculer pour la regarder dans les yeux.

— C'est ça qui t'inquiète ?

Elle opina de la tête.

— J'ai peur que tu me compares aux autres et que tu me trouves moins bien qu'elles. J'ai vraiment peur de te décevoir.

— Tu ne me décevras pas, parce que je t'aime. Et même si ce n'est pas top la première fois, on recommencera, on apprendra à se connaître et tu verras que ça finira par être juste génial. Est-ce que... Est-ce qu'au moins tu as envie de moi ?

— Oui.

— Y'a que cette appréhension qui te freine, alors ?

Elle hocha la tête.

— Dans ce cas tu es la seule à pouvoir débloquer la situation. Je suis sûr que tu en es capable.

Donna caressa mes lèvres du bout des doigts, m'offrant une expression fragile sublime car totalement honnête. Je savais qu'elle ne faisait pas semblant et je trouvais ça merveilleux. Je *la* trouvais merveilleuse.

Je déposai un baiser chaste au creux de son épaule.

— Tu devrais aller te coucher, lui conseillai-je.

— Oui.

Elle prit mon visage en coupe et m'embrassa.

— Merci, chuchota-t-elle.

Nos regards s'attardèrent l'un sur l'autre avant que Donna se lève et aille se glisser sous les draps.

J'éteignis la lumière principale et n'éclairai qu'une lampe de bureau pour pouvoir travailler sans la gêner. Je branchai ensuite mon casque avant de me mettre au travail. J'en avais pour toute la nuit.

Je ne levai la tête de mon écran qu'à l'instant où le réveil de Donna sonna au matin. J'enlevai mon casque pour soulager mes oreilles et me frottai les yeux tandis que ma petite-amie me rejoignait.

— Ça va ? s'enquit-elle.

— Ouais. J'ai réussi à regarder toutes les vidéos et à augmenter la qualité du son pour qu'on puisse entendre quand les types parlent doucement.

— Tu as trouvé quelque chose ?

— Je ne sais pas ce que vaut la majorité des infos mais il y en a au moins une d'importante. Écoute.

Elle mit le casque que je lui tendis puis écouta attentivement la séquence que je lançai. C'était une simple phrase dite sur un ton anodin, mais elle me semblait lourde de conséquence. À en juger par l'air effaré de Donna, elle pensait comme moi.

— Il faut le dire à Nathan, décida-t-elle en enlevant mon casque.

— Tu veux l'appeler ?

— Non. Ce n'est pas prudent d'en parler au téléphone, il vaut mieux qu'il l'entende de vive voix. Ça te dérange de passer chez lui aujourd'hui ?

Un long silence s'installa, le temps pour moi de bien comprendre ce qu'elle était en train de me demander.

— Moi ? Chez lui ? Tout seul ? T'es sérieuse ?

— Il ne va rien te faire, tu n'as pas l'air d'être son genre.

— Son genre ? répétai-je avant de me souvenir que Nathan était gay. Non, je parle pas de ça. Tu me demandes d'aller chez lui, de lui dire qu'on a récupéré de manière illégale des vidéos concernant des années de sa vie qu'il n'a peut-être pas envie de revivre et que je les ai toutes regardées ? Tu crois franchement qu'il ne va pas mal le prendre ?

— Vu l'info que tu vas lui amener, je pense qu'il se dira que c'est un mal pour un bien, m'assura-t-elle en attrapant son téléphone portable. Je t'envoie son numéro. Appelle-le avant de passer chez lui.

Elle ne me laissa pas l'occasion de répondre. Un texto arriva sur mon téléphone. Je vérifiai son contenu puis enregistrai le numéro dans mon répertoire avant d'aller préparer le petit déjeuner pendant que ma copine se douchait.

Pourquoi ça tombait sur moi ?

CHAPITRE 13

Dylan – Embarqué malgré lui dans l'aventure.
Enfin, presque.

J'avais transféré toutes les vidéos restaurées sur ma clé USB avant de déposer Donna à l'école supérieure et de filer chez Nathan.

En arrivant devant la porte de son appartement, je bloquai littéralement. Malgré ce que m'avait dit Donna, je redoutais la réaction de Nathan et franchement, s'il n'appréciait pas ce qu'on avait fait, je ne lui en voudrais pas. On avait outrepassé nos droits en fouillant dans son passé sans sa permission. À notre décharge, la singularité de Nathan nous avait légitimement rendus curieux d'en apprendre plus sur son mode de vie. J'espérais qu'il le comprendrait. Sinon... ben je serai seul face à lui.

Je rassemblai tout mon courage et frappai trois coups. Comme il était informé de ma venue, je n'attendis pas longtemps avant qu'il vienne m'ouvrir. Chose étrange, je le trouvais vachement plus impressionnant quand j'étais seul avec lui que lorsque j'étais accompagné de Donna et Michaël.

— Entre, m'invita Nathan.

— Merci.

À l'intérieur, il ne passa pas par quatre chemins pour me demander ce que je pouvais avoir d'aussi important à lui dire.

— Il vaut mieux que je te montre, lui dis-je en désignant ma clé USB.

Il m'invita à m'asseoir sur le canapé tandis qu'il allait chercher son ordinateur portable déjà allumé et prêt à servir. J'introduisis ma clé dans le port adéquat puis ouvris le dossier contenant toutes les vidéos, dont celle qui m'importait. Nathan s'installa à côté de moi. Je compris à cet instant que je ne pouvais pas simplement balancer la vidéo sans expliquer comment nous l'avions eue.

— Nathan, commençai-je. Avant de te montrer, faut que je t'avoue un truc.

Il fronça les sourcils, intrigué, et m'invita à parler d'un signe de la main.

— Hier, Donna a reçu un coup de fil de Michaël alors que j'étais avec elle. Il disait que Sytry sentait une énergie ni bonne ni mauvaise dans le coin, qui pouvait être liée à toi, du coup on est tous allés voir et on s'est retrouvés dans l'archevêché à récupérer des infos sur toi.

Nathan se redressa sur le canapé, l'air mauvais.

— C'était stupide et dangereux, me dit-il. Sans compter que ma vie ne regarde personne d'autre que moi et surtout pas des gamins que j'ai croisés par hasard.

Eh voilà, il était en colère et j'étais tout seul avec lui. Est-ce que j'étais vraiment obligé de lui dire qu'il y avait une nouvelle encore plus mauvaise ?

— Je t'assure que je comprends parfaitement, repris-je.

— Tu comprends ? Je n'en suis pas si sûr, sinon vous n'auriez pas montré des infos à Michaël en sachant que Sytry les verrait également.

— Sytry ne les a pas vues, révélai-je.

Ma phrase le tempéra un peu.

— Michaël savait que selon ce qu'on trouverait, ça pourrait être dangereux pour toi si Sytry venait à l'apprendre alors il nous a aidés à rentrer dans l'archevêché mais il est resté dehors le temps qu'on consulte les dossiers et on ne lui a rien dit pour l'instant. Il a bien fait car il y a une info sur une vidéo dont ton Ordre ne t'a visiblement jamais fait part.

— Des vidéos ? s'étonna-t-il.

— Je te montre. Et écoute bien ce que les types vont dire dans les dernières secondes.

Je montai le son au maximum avant de lancer l'enregistrement. Nathan se retrouva face au petit garçon qu'il avait été et je compris à son air triste que ces images étaient encore bien présentes dans son esprit.

Il y eut un grand flash lumineux qui fit grésiller le son, puis le silence tomba jusqu'à ce qu'un des deux observateurs entame la conversation avec son collègue sur un ton bas :

« *Sa puissance augmente.*

— Je vois ça. Je pense vraiment qu'on devrait lui couper les mains sinon il finira par tuer quelqu'un.

— Ça représentera toujours moins de morts que si on brise son bracelet.

— Comment ça ?

— Tu ne sais pas ? Pas étonnant, vu qu'ils ne veulent pas que le Petit Diable le sache. Si le gamin meurt, Belzébuth sera relâché automatiquement mais si on brise le bracelet, il lui faudra un million d'âmes pour s'extirper de l'enveloppe charnelle... »

La vidéo s'arrêta peu de temps après, laissant Nathan sous le choc.

— Tu ne savais vraiment pas ?

— Non.

— Et tu savais que tu étais filmé ?

Il s'accouda sur ses cuisses et ferma les yeux un instant avant de les rouvrir :

— Non, je ne savais pas. J'ai toujours pensé que j'étais seul dans cette chambre et que si personne ne venait m'aider c'était parce qu'ils ne m'entendaient pas crier...

Nathan laissa sa phrase en suspens. Il n'avait pas besoin de la terminer, elle était lourde de sous-entendus. Je n'osais même pas imaginer ce que ça pouvait lui faire de savoir que des gens avaient assisté à toutes ses nuits de cauchemars en le regardant se débattre pour vivre plutôt que de l'aider. J'étais même persuadé que certains d'entre eux avaient pris plaisir à l'entendre hurler de terreur.

Tandis que je me laissais aller à mes pensées, Nathan naviga dans le dossier afin de voir le nombre de vidéos. Il n'était pas difficile de comprendre que découvrir la vérité sur ses quatre années d'emprisonnement l'affectait.

— Tu as d'autres copies ? demanda Nathan.

— Non.

Sans rien ajouter, il coupa la totalité des fichiers et les colla sur son ordinateur. Donna allait m'en vouloir de ne pas avoir fait de sauvegarde mais tant pis. Nathan était dans son droit. Lorsque le téléchargement fut terminé, mon hôte se leva. Je l'imitai et le suivis jusqu'à la porte d'entrée. Nous n'avions pas besoin de parler pour savoir que nous nous étions tout dit. Enfin, presque. Avant qu'il ne referme derrière moi, je bloquai la porte pour la maintenir ouverte, geste qui surprit Nathan.

— Je sais que tu fais ce que tu veux mais je pense que tu devrais montrer toi-même à Michaël ce que Donna et moi avons vu.

— Pourquoi ?

— Parce que c'était la condition et qu'il attend notre coup de fil. Et puis toi tu sauras quoi lui montrer sans que ça te nuise.

— Je verrai.

Il allait fermer mais je l'en empêchai encore.

— Une dernière chose, Nathan. Michaël ne va pas bien et Donna ne peut rien pour lui, il ne la laisse pas faire.

— Je ne peux rien faire à part l'exorciser, ce qu'il refuse.

— Va au moins le voir, peut-être qu'à toi il te parlera.

— Qu'est-ce qui te fait penser ça ?

Je haussai les épaules :

— Peut-être qu'il t'accorde plus de crédit qu'à nous. Vu ta position, il doit penser que tu es le seul à pouvoir réellement l'aider. En tout cas Donna a l'air de penser que tu es important pour Michaël.

Le visage de Nathan s'adoucit d'un coup.

Une minute... Est-ce que contrairement à moi, Michaël était le genre de Nathan ? Mais Michaël n'était pas homo, aux dernières nouvelles. J'avais raté un truc ou quoi ? Il me faudrait demander à Donna ce soir.

Une faible décharge m'électrisa les doigts, me faisant lâcher le battant de surprise. Nathan venait d'utiliser ses pouvoirs sur moi !

— Rentre chez toi, m'ordonna-t-il.

Puis le vantail se referma.

Bon... Ben j'avais toute une journée à tuer. Rattraper ma nuit de sommeil serait un bon début parce que je sentais arriver le coup de barre magistral. Je décidai donc de rentrer, en espérant ne pas m'endormir sur la route.

CHAPITRE 14

Nathan – Saint exorciste
Chevalier de l'ordre de Saint-Jean de Jérusalem

Je m'assis sur mon canapé, face à mon ordinateur et au dossier contenant toutes les vidéos. Je n'en ouvris aucune. Ces nuits, je les avais vécues, j'avais tué chacune de ces créatures, qu'elles soient âmes damnées, croque-mitaines ou monstres en tous genres. Je n'avais pas besoin de me remémorer ces souvenirs car ils étaient gravés au fer rouge dans ma mémoire.

Pourtant, il me faudrait bien les visionner si je voulais choisir celles à montrer à Michaël... Devais-je le faire ? Devais-je le mettre face au gamin apeuré que j'avais été ? Je ne voulais pas qu'il me prenne en pitié ni qu'il s'apitoie sur mon sort. Aujourd'hui, je savais me défendre seul. J'étais assez fort pour annihiler toutes ces créatures d'un claquement de doigts, particulièrement depuis que Tit m'apprenait à mieux gérer mes flux d'énergie. Après tout, je n'avais rien promis à Michaël, et mon passé ne devait pas l'intéresser. En outre, le mettre dans la confidence n'aiderait pas à le tenir loin de moi et de mon monde.

Pourtant, étrangement, une part égoïste de moi voulait tout lui montrer comme si cela exorciserait enfin ce que j'avais vécu, comme si son regard pourrait me rassurer sur l'homme que j'étais devenu. Je cherchais sans doute sa bénédiction, ou son attention.

Je ne savais pas quoi faire. Mon cœur avait déjà choisi mais ma raison parviendrait-elle à prendre le dessus pour le bien de tous ? Je n'en étais pas certain. Pas certain du tout.

L'arrivée d'Aprilia dans le salon coupa court à mes pensées. La chienne de l'Enfer avait retrouvé un peu de force depuis qu'elle mangeait presque cinq kilos de viande fraîche par jour, payée par l'Ordre, cela allait de soi. Le molossoïde s'arrêta près de moi et s'assit.

— Qu'est-ce qu'il y a ? demandai-je.

— Si je t'aide à retrouver Cerbère, m'autoriseras-tu à rester ici avec toi ?

— Avec moi ? répétai-je, surpris. Pourquoi ?

— Tu as dit que je ne pouvais pas demeurer libre sur Terre, alors je veux rester avec toi. Je ne veux pas retourner en Enfer, ajouta-t-elle. Là-bas je ne suis utile à personne. Ici, je pourrai t'aider et te protéger. J'ai demandé à l'esprit de la maison et il est d'accord tant que je me tiens loin de sa cuisine.

Je me retournai pour y jeter un coup d'œil. Alors comme ça, on complotait dans mon dos ? La fidélité avait bien changé.

Je fis de nouveau face à Aprilia :

— Comment pourrais-tu m'aider à retrouver ton patron ?

— J'ai vécu à ses côtés depuis ma naissance, je connais son odeur, je peux la retrouver et te conduire à lui.

Si elle disait vrai, je n'aurais alors plus besoin de Sytry et je pourrais libérer Michaël de son fardeau. Le jeu en valait la chandelle.

— Je marche, acceptai-je. Dès demain on ira se promener en ville voir si tu trouves sa piste.

— Pourquoi pas aujourd'hui ?

— Parce que j'ai une tournée à faire. Et ce soir, j'ai autre chose de prévu, répondis-je en posant les yeux sur les fichiers affichés sur mon écran. Ma décision était prise.

J'allai à mon bureau chercher une clé USB avant de revenir à l'ordinateur. Même si je n'en avais pas envie, j'ouvris quelques vidéos et en choisis quatre « anodines » que je transférai sur ma clé. Une fois le téléchargement terminé, je la glissai dans ma poche puis éteignis l'engin.

Aprilia n'avait pas bougé d'un poil, observant mes moindres faits et gestes dans l'espoir de comprendre mon quotidien afin de s'y intégrer. Son désir de ne pas retourner en bas n'était pas feint.

— Je vous confie la maison, à Tit et à toi, lui dis-je en me redressant.

Je m'habillai, pris mes clés de moto et sortis. J'avais quelques sorciers à aller visiter, ce qui me prendrait une bonne partie de la journée, après quoi je passerai chez Michaël. J'avais beau vouloir minimiser les contacts entre nous, ce que m'avait dit Dylan m'inquiétait vraiment, aussi préférais-je ne pas tarder. Je savais que la manière dont s'était terminée notre dernière rencontre m'affectait toujours et que je lui en voulais encore un peu, mais il ne s'agissait pas de moi, ici. La santé de Michaël passait avant tout, même avant mes propres sentiments.

Comme je m'y étais attendu, mes contrôles de routine avaient duré toute la journée, à tel point que je me retrouvai à frapper à la porte de l'appartement de Michaël à l'approche des dix-neuf heures trente. Je n'attendis pas longtemps avant qu'il vienne m'ouvrir. La surprise de me voir le cloua sur place :

— Qu'est-ce qu'il se passe ? demanda-t-il, inquiet.

— Je peux te parler ?

Il se décala pour me laisser entrer. J'observai rapidement son intérieur, d'où tous les cartons de son emménagement récent avaient disparu, tandis qu'il refermait, puis je me tournai vers lui. J'ouvris la bouche pour annoncer l'objet de ma visite mais il me coupa dans mon élan :

— Je suis désolé pour lundi soir, débita-t-il.

Son excuse me rappela à quel point ses mots m'avaient blessé, déchiré.

— Pourquoi t'excuser ? Tu le pensais.

— Au moment où je l'ai dit oui, je le pensais. Mais à ce moment-là j'ai aussi oublié d'inclure ton mode de vie dans l'équation. Je t'ai jugé par rapport à moi et je suis désolé. Je me suis vraiment conduit comme le dernier des enfoirés.

Il me fixait, attendant certainement une réponse de ma part que je ne sus pas lui donner. Je ne savais plus comment gérer un lien social, particulièrement quand mon interlocuteur ne me laissait pas indifférent.

Au lieu de lui répondre, j'attrapai ma clé USB et la lui montrai.

— Dylan est venu me voir pour me raconter votre escapade à l'archevêché, expliquai-je tandis que son visage se parait d'une expression contrite.

Il se passa une main sur la nuque, conscient que fouiller dans ma vie sans ma permission était irrespectueux.

— Il m'a aussi dit que tu avais veillé à ce que Sytry ne puisse pas accéder aux informations.

— Je sais que ce qu'on a fait n'est pas bien mais je ne voulais pas risquer de te mettre en danger.

— D'après ce que je sais, c'était à Dylan et Donna de choisir quoi te dire.

— Ouais.

— Si t'as un ordi, je peux le faire moi-même.

Il me fixa, à la fois estomaqué que je ne lui fasse aucun reproche et reconnaissant que je veuille le mettre dans la confidence. Il me prit l'objet des mains, alluma son écran plat et le brancha dessus. Le dossier contenant les vidéos ne tarda pas à s'afficher.

— Y'avait beaucoup plus de fichiers, remarqua Michaël en prenant sa télécommande.

— Ils sont tous dans la même veine que ceux-là.

Sans s'asseoir, il lança la première vidéo... à la fin de laquelle il se laissa choir sur son canapé, atterré. Sans prononcer un mot ni même me regarder, il visionna tous les contenus. Lorsque la dernière vidéo se termina, Michaël resta sans voix durant un instant.

— T'avais quel âge ?

Sa question me surprit moins par son fond que par sa forme car sa voix avait un peu tremblé en la posant.

— Six ans dans la première et dix ans dans la dernière. C'était juste avant que je sois confié à Père Luc.

— Pourquoi ils ne t'aidaient pas ?

— Pour voir jusqu'où mes pouvoirs allaient. Et pour voir si j'étais capable de survivre.

Il n'ajouta rien le temps d'une minute. J'aurais tout donné pour connaître ses pensées et savoir si Sytry y allait de ses commentaires.

Michaël se leva soudain. Toujours silencieux, il éteignit sa télé, délogea la clé USB de son port et me la rapporta. Il s'installa entre nous un moment de flottement durant lequel ni Michaël ni moi ne sûmes quoi dire. Lui semblait mal à l'aise devant ma vie tandis que je l'étais devant tout ce que j'avais envie de lui dire. Mais certaines paroles m'étaient interdites si je voulais protéger les personnes à qui je tenais. J'aurais aimé, là, pouvoir me confier à lui, pouvoir mettre des mots sur les peurs de mon enfance et celles de mon présent. J'aurais aimé me décharger de toutes mes responsabilités, mes obligations et mes entraves en lui racontant mon quotidien et toutes les blessures qui avaient fait de moi l'homme que j'étais.

Mais je restai muet pour maintenir intacte la distance qui me séparait de cet homme vers lequel j'étais inexplicablement et irrémédiablement attiré. Et même sacrément attiré, pour être tout à fait honnête avec moi-même. Ce qui n'était pas réciproque.

Incommodé par la situation, je décidai de couper court à notre entrevue en prenant le chemin de la sortie. À ma grande surprise, Michaël me retint.

— Tu as mangé ? me demanda-t-il.

Je le fixai, un peu hébété. Pourquoi il me demandait ça ?

— Non, je n'ai pas mangé, répondis-je.

Depuis que Tit vivait avec moi, j'attendais qu'il se lève le soir pour dîner à l'heure de son petit déjeuner.

— Tu veux manger ici ? reprit Michaël. Ma mère est passée m'amener des lasagnes mais il y en a trop pour moi.

L'idée était tentante mais mauvaise. Je ne devais rien faire qui puisse lui laisser penser que je l'appréciais.

— Puis quand tu es là, Sytry met généralement la sourdine, ajouta-t-il devant mon hésitation.

Alors voilà la vraie raison de son invitation. J'aurais dû m'en réjouir, pourtant j'en fus incapable. J'en fus même attristé et l'amalgame de mes sentiments commençait à m'agacer. Pourquoi ne pouvais-je simplement pas ressentir ce que je *devais* ressentir au lieu d'éprouver des désirs irréalisables et dangereux ?

Malgré tout, je ne pouvais pas le laisser délibérément en pâture à Sytry et si j'avais la possibilité de lui offrir quelques instants de répit, je devais le faire. C'était mon devoir.

— Très bien, acceptai-je.

Chapitre 15

Michaël – Possédé par Sytry

Un soulagement sans nom me submergea lorsque Nathan accepta de dîner avec moi. C'était juste dommage que je doive jouer sur Sytry pour obtenir son attention. Ça me prouvait au moins que je n'étais rien pour lui.

« *Son désintérêt est feint. Il veut te protéger* », siffla le démon.

Sytry faisait tout pour accroître le conflit entre mes sentiments et ma raison afin que je perde la tête. C'était fatigant, d'autant que je me laissais parfois aller à croire ce menteur. Mais pas cette fois. La seule chose que je devais garder en tête était de ne plus jamais causer de tort à mes parents. Je serai un fils modèle pour les rendre fiers.

— Je vais faire réchauffer le plat, dis-je à Nathan. Assieds-toi au salon si tu veux.

Persuadé qu'il le ferait, je passai dans la cuisine et mis les lasagnes dans mon minuscule four, puis je le programmai avant de m'en désintéresser. Je vis du coin de l'œil Nathan entrer dans la pièce qu'il observa avec attention. Heureusement, j'avais fait la vaisselle mais elle était encore entassée sur mon évier et des flacons d'épices traînaient au lieu de trôner sur leur petite étagère. À ma grande surprise, ce détail attira son regard.

— Tu cuisines ? me demanda-t-il en s'approchant.

— Un peu, répondis-je en m'appuyant au plan de travail. Ma mère tenait à ce que mon frère et moi connaissions les bases de la cuisine et de la couture avant de partir de la maison. Elle ne voulait pas qu'on doive dépendre de quelqu'un pour des tâches aussi élémentaires.

— Petit ou grand frère ?

— Petit. Gabriel a dix-sept ans et il s'en sort vachement mieux que moi en cuisine et en couture.

— Gabriel et Michaël, releva Nathan.

— Mes parents aiment beaucoup les valeurs que transmet l'image des anges, expliquai-je.

— Il en manque un troisième, non ?

— Après Gabriel ma mère a fait une fausse couche, révélai-je sur un ton affecté.

Bien qu'âgé de seulement huit ans à l'époque, je me souvenais encore de l'impact que tout ça avait eu sur mes parents. Ils en avaient souffert en tant que mère et père, mais aussi en tant que couple. Pourtant ils avaient continué à jouer leur rôle auprès de Gaby et surtout de moi. C'était pour cette raison que je ne voulais plus jamais les mettre dans une situation difficile. Je ne voulais pas que l'incident avec Jérémie se reproduise avec Nathan.

— Je suis désolé, s'excusa ce dernier.

— C'est rien... Et toi, tu cuisines ? demandai-je pour alléger l'ambiance que ma dernière réponse avait un peu plombée.

— Pas vraiment. Ça ne sert à rien si tu n'as personne avec qui partager.

Son argument éveilla ma curiosité.

— Tu n'as jamais fait un vrai repas ?

Il me fixa sans que je comprenne son expression, avant de répondre :

— Non.

— Même pas avec Père Luc ?

— Je n'habitais pas chez lui mais à l'archevêché où il m'était interdit de manger avec les autres.

— Et avec tes... conquêtes ?

L'assurance m'avait manqué sur la fin de ma question en me rendant compte que j'étais à la limite de l'indiscrétion. Nathan détourna la tête :

— Je n'en ai jamais eu le temps...

J'avais réussi à plomber encore plus l'ambiance en essayant de l'alléger. Quel crétin je faisais...

« *Pour une fois, je t'approuve.*

– Je t'ai pas sonné. »

— Michaël, ça va ? s'enquit Nathan.

— Je suis juste un peu crevé. Sytry est bavard, surtout le soir.

— Il t'empêche de dormir ?

« *Attention à ta réponse, humain.* »

— Pas spécialement, mentis-je.

La sonnerie du four retentit, nous pûmes donc passer à table.

— Il y a un truc que je ne comprends pas, dis-je alors que nous avions bien entamé le contenu de nos assiettes. Sytry n'aime pas les croix sur tes mains, mais celle à l'envers, elle ne représente pas le diable ?

— Pas ici. La croix renversée est aussi appelée la croix de saint Pierre.

— L'apôtre ?

— Oui. Lorsqu'il a été condamné, il a demandé à être crucifié la tête en bas car il estimait ne pas être digne de mourir de la même manière que le Christ. C'est un symbole d'humilité qui, sur moi, représente l'infériorité de l'Enfer par rapport à Dieu.

— D'accord. Du coup je comprends pourquoi Sytry ne l'aime pas.

Un silence suivit ma phrase, jusqu'à ce que Nathan le brise :

— Comment ça se passe avec Sytry ? Honnêtement.

« Fais attention.

— Tu radotes, ducon.

— Parce que tu oublies vite.

— Ferme-la ou je préviens Nathan.

— Pour ça, il faudrait que tu aies du courage. »

Je serrai les poings de rage. Il me saoulait !

— Michaël ?

Je pris une seconde pour me calmer. Ma colère me fit penser à un détail, une chose que je n'avais jamais pensé à demander à Nathan :

— Tu peux le tuer ?

Une violente douleur transperça soudain mon crâne, me projetant sur le sol que je heurtai de tout mon poids. Pendant un instant que je ne sus mesurer, je fus plongé tout entier dans un bain de souffrance.

Puis le mal passa aussi vite qu'il était arrivé et lorsque mes sens me revinrent, Nathan se penchait à peine sur moi. Il prononçait mon nom mais je n'entendais pas très bien, mes oreilles bourdonnaient et ma tête tournait un peu. Quand tout se stabilisa, un ressenti qui n'était pas le mien me sauta à la gorge et je compris qu'il appartenait à Sytry.

Je me relevai avec maladresse. Même soutenu par Nathan, je chancelai jusqu'au mur contre lequel je m'adossai pour rester debout. Nathan prit mon visage en coupe et m'obligea à le regarder. Il était en colère.

— Michaël, ça va ?

— Ouais. C'est juste que...

— C'est Sytry ?

Je sentis son pouvoir électriser ma peau alors qu'il l'activait. Si je ne disais rien, il exorciserait le démon sur-le-champ.

— Il a eu peur, expliquai-je.

Mes mots semblèrent apaiser un peu Nathan.

— Il a eu peur, répétai-je.

Cela me permit d'assimiler l'idée qu'un prince de l'Enfer puisse craindre la mort à ce point. Étrangement, cela humanisait Sytry et je me surpris à éprouver du remords.

— Ça n'excuse pas ce qu'il a fait, me dit Nathan.

— Non, mais ça se comprend, soufflai-je. J'ai été trop loin.

J'étais claqué. Mon seul réflexe fut de poser ma tête sur l'épaule de Nathan. Il ne bougea pas, me laissant reprendre mes esprits contre lui sans esquisser le moindre geste réconfortant. L'idée que je le laisse à ce point indifférent me serra la gorge.

Ce fut alors qu'il posa une main sur ma nuque, laissant ses doigts se perdre dans ma courte chevelure blonde. La chaleur de sa paume sur ma peau m'apaisa aussitôt, m'enveloppant doucement dans un cocon de bien-être.

J'étais bien. J'étais tellement bien que je ne voulais pas que Nathan s'éloigne, qu'il me laisse de nouveau seul. J'avais besoin de lui.

— Est-ce que ça va aller ? s'enquit-il.

Il faudrait bien si je voulais continuer à lui être utile.

— Oui. Sytry a son caractère mais je tiens bon pour l'instant.

— Est-ce que tu arrives à dormir ?

— Quelques heures, répondis-je évasivement.

— Combien ?

J'hésitai. Sytry restant muet, j'osai la vérité :

— Entre trois et quatre heures par nuit.

J'entendis Nathan soupirer de contrariété.

— Ce n'est pas assez, commenta-t-il.

— J'avoue...

Je n'aurais pas été contre une nuit complète de sommeil, ne serait-ce que pour éviter d'envoyer bouler mes collègues au travail. Je parvenais à me contrôler mais des fois, je pétais un câble.

Nathan me fit alors une proposition inattendue :

— Si ma présence calme Sytry, tu devrais peut-être venir dormir chez moi ce soir.

— D'accord.

J'avais ressenti le besoin pressant de répondre avant qu'il ne change d'avis. Je voulais rester près de lui. Je le voulais tellement.

CHAPITRE 16

Nathan – Saint exorciste
Chevalier de l'ordre de Saint-Jean de Jérusalem

Je n'y arrivais pas. Malgré toute ma volonté je ne parvenais pas à ignorer ce que vivait Michaël. C'était à cause de moi qu'il portait ce fardeau, parce qu'il avait eu le malheur de vouloir me sauver. Alors si ma simple présence lui permettait d'aller un peu mieux, je lui devais bien ça.

Et cela me donnait une excuse pour le garder près de moi.

Nous avions fini de manger puis nous étions allés à mon appartement en moto, Michaël n'ayant pas voulu prendre le risque de conduire en étant fatigué, ce qui était plus prudent. Qu'importait si je devais me lever en même temps que lui le lendemain pour le ramener avant qu'il aille au travail.

Lorsque je pénétrai le premier chez moi, Tit, qui m'attendait encore pour manger, s'avança au milieu du salon. Dès que Michaël entra, les deux se figèrent net, l'un surpris, l'autre sous le choc.

— Tit, je te présente Michaël, lançai-je nonchalamment tout en enlevant mon équipement et mon manteau. Michaël, voici Tit, le témoin de notre pacte avec Sytry.

— C'est... C'est quoi comme bestiole ? demanda mon invité, hébété.

— Stiole ? Tit noï stiole ! le gourmanda le domovoï.

Michaël recula d'un pas, les mains tendues devant lui en signe d'apaisement :

— Désolé.

— Tit est un esprit de la maison en provenance directe de Russie, expliquai-je en m'approchant. Il protège l'appartement contre tout ce qui pourrait nous nuire. Et elle, c'est Aprilia.

Le molossoïde de l'Enfer approcha pour renifler l'intrus.

— Y'avait pas autant de monde la dernière fois que je suis venu, se souvint Michaël.

— Tit se cachait et Aprilia n'était pas encore là. C'est une chienne de l'Enfer qui a profité de la disparition de Cerbère pour s'en échapper. Je la garde avec moi en attendant de savoir quoi faire d'elle. Ah et, elle parle aussi.

— Et on la comprend ?

— Oui.

— Comment ça se fait ? Ils parlent tous français en Enfer ?

— Ils parlent leur langue mais nous entendons celle que nous maîtrisons le mieux, sauf si la créature infernale ne veut pas être comprise. Auquel cas tu l'entendras parler un dialecte bizarre.

Michaël s'accroupit devant l'animal et tendit la main pour qu'il la renifle. Aprilia ne bougea pas.

— Qu'est-ce que tu attends ? demanda cette dernière, perplexe.

— Ben... Que tu sentes ma main.

— Pourquoi ?

— Pour que je puisse te caresser.

— On ne se connaît pas, pourquoi tu me caresserais ?

La situation était tellement étrange, mais en même temps tellement logique, qu'elle me fit rire. Michaël se redressa en me dévisageant, un peu vexé par le fait de s'être fait rembarrer par une chienne. La gêne passée, il se laissa aller à sourire :

— C'est vrai que dit comme ça, c'est pas aussi évident, en fait.

— Non, confirmai-je.

— Stupidoï umaï, commenta Tit en grimpant sur le bar. Nathanoï, miam miam ?

Je le rejoignis et lui servis son repas dans lequel je piquai pour ne pas le laisser manger seul. Michaël approcha du bar. Aprilia, sur ses talons, profita qu'il ne fasse pas attention à elle pour le renifler.

Elle grogna soudain, le poil hérissé. Michaël la regarda sans oser bouger.

— Pourquoi tu empestes Sytry ? demanda la chienne.

— Parce qu'il a pris possession de lui, l'éclairai-je.

— Alors exorcise l'humain sinon il est perdu, me conseilla-t-elle. Sytry ne repartira pas sans son âme.

Sa phrase m'interpella. Je posai le morceau de pain que j'avais en main et rejoignis Michaël et Aprilia.

— Je l'exorciserai avant, assurai-je.

Malgré mon affirmation, Aprilia ne se détendit pas.

Un rire sombre s'échappa soudain des lèvres de Michaël :

— N'est-ce pas toi la déficiente de la dernière portée dont j'ai tant entendu parler ? Le sang n'a pas dû assez irriguer ton cerveau dégénéré pour te faire tenir de tels propos. Nous avons tous trois scellé un pacte.

Aprilia grogna de plus belle, les babines totalement retroussées sur ses crocs impressionnants.

— Débarrasse-toi de lui, répéta la chienne, avant qu'il ne vous blesse tous les deux.

— Calme-toi, la tempérai-je. Je sais ce que je fais, j'ai le contrôle. Sytry, si tu ne veux pas que je l'écoute, fais le mort jusqu'à demain.

Michaël baissa la tête vers le molosse qui se détendit aussitôt.

— Tu n'aimes pas Sytry ? demanda mon invité à la chienne.

— Je n'aime aucun démon. Ils nous ont réduit en esclavage et nous obligent à nous battre entre nous pour ne garder que les plus forts. En bas, mon flair ne me sert à rien, seule compte la force. Si je ne m'étais pas échappée, je serai morte de faim ou tuée.

— Moi non plus je ne l'aime pas, confessa Michaël d'une voix chevrotante.

À ma grande surprise, je vis Aprilia baisser les oreilles avant de s'avancer vers Michaël. Ce dernier s'accroupit et, cette fois, put caresser l'énorme tête de l'animal.

— Aprilia, l'interpelai-je. Tu peux sentir quand Sytry est actif ?

— Oui.

— Alors cette nuit tu veilleras sur Michaël. Si Sytry fait le moindre mouvement et l'empêche de dormir, je veux que tu viennes me voir. Compris ?

— Oui.

Si Aprilia semblait contente de se voir confier une mission, Michaël parut déçu. Pourquoi ?

Il se redressa sans me quitter des yeux, comme s'il voulait me dire quelque chose, mais il resta muet.

— Est-ce que ça va ? demandai-je.

— Je crois que je suis vraiment HS, me dit-il.

— Tu veux te coucher maintenant ?

— Non, sinon j'ai peur de me réveiller à deux heures du mat'. Est-ce que... T'as des films ?

— Dans le meuble TV. Choisis celui que tu veux.

J'allumai mon écran plat incurvé et mon lecteur Blu-ray d'une simple pensée. Michaël, qui cherchait un film, se figea sur place, estomaqué :

— C'est toi qui as fait ça ?

— Oui. Mon pouvoir est une espèce de flux d'énergie qui me permet de faire bouger des objets comme des boutons ou des interrupteurs. Entre autres.

— Je vois. La Force est en toi, commenta-t-il en me montrant le Blu-ray de Star Wars IV. Ça te dit un tour sur le Faucon Millenium ?

— Pourquoi pas. J'ai un mini Chewie, plaisantai-je en désignant Tit.

Un os de poulet percuta ma tempe, m'arrachant un faible cri de douleur.

— Arrête de m'envoyer des trucs dans la tête, râlai-je. Tu vas finir par me rendre fada.

— Té estoï dja fda !

Mon regard croisa celui rieur de Michaël.

— Il est pas commode, remarqua-t-il.

— Et encore là, il est dans un bon jour.

— Chuuuut ! éructa Tit.

Michaël et moi échangeâmes un sourire complice avant de laisser mon petit compagnon à son repas. Nous nous installâmes sur le canapé et le film commença avec son générique emblématique.

J'avais déjà vu cet épisode des centaines de fois, je l'adorais. Pourtant, avec Michaël à côté de moi, il me fut impossible de me concentrer sur l'histoire, tout comme lui. Avant même que Luke ait quitté Tatooine avec Han, Michaël s'était endormi contre moi.

J'éteignis mes appareils d'une simple pensée et demandai à Tit d'aller chercher un oreiller et une couverture dans ma chambre. Lorsqu'il revint avec, j'allongeai Michaël grâce à mon pouvoir, puis je le couvris. Il était tellement crevé qu'il ne se réveilla même pas.

Aprilia vint s'allonger le long du canapé, prête à veiller toute la nuit, ce qui signifiait que je ne n'avais plus besoin de rester. Malgré tout, je m'accroupis à hauteur du visage de Michaël que je détaillai longuement tant je le trouvais angélique, et la mise en garde du molosse de l'Enfer me revint en mémoire.

Même si j'avais affirmé devant tout le monde contrôler la situation, un doute subsistait principalement alimenté par une vérité : les démons tournaient toujours les choses à leur avantage. Autrement dit, je devais me dépêcher de trouver Cerbère afin que Sytry n'ait pas le temps de nuire à Michaël. Si Aprilia avait un aussi bon flair que ce qu'elle prétendait, il fallait espérer que la traque ne s'éterniserait pas.

Une traque qui commencerait dès le lendemain matin.

CHAPITRE 17

Michaël – Possédé par Sytry

Ce furent des bruits discrets qui me tirèrent de mon sommeil alors qu'il faisait encore nuit. J'ouvris péniblement les yeux avant de m'étirer de tout mon long et de prendre conscience de l'endroit où j'étais. Grâce à une lumière allumée derrière le canapé où j'étais allongé, je reconnus sans mal l'appartement de Nathan. C'était pour ça que j'avais si bien dormi et aussi longtemps. Le revers de la médaille était que je n'avais pas du tout envie de me lever pour aller au boulot. Je ne savais même pas l'heure qu'il était. Je tâtai mes poches pour y trouver mon portable que je déverrouillai : l'écran de verrouillage affichait six heures et quart. J'annulai mon réveil réglé sur la demie et rangeai mon smartphone à sa place avant de me réinstaller confortablement.

Je n'avais vraiment pas envie de me lever. Je voulais profiter du silence dans ma tête pour dormir jusqu'à ce que le sommeil me sorte par tous les trous.

J'aperçus alors devant moi deux grandes oreilles rondes avant que n'apparaisse la tête d'Aprilia. Comment un chien pouvait-il autant ressembler à un ours ? Certaines choses me dépassaient, comme le molosse qui se tenait à présent debout près de moi.

— Sytry ne t'a rien fait cette nuit, me dit la chienne.

Je crus percevoir une once de fierté dans sa voix.

— Merci, chuchotai-je.

Tit grimpa soudain sur le canapé.

— Oï !

Je sursautai d'un bond avant de me lever dans la foulée. Il m'avait fait peur, bordel !

— J'ai fait pareil la première fois, me rassura Nathan depuis la cuisine.

Je tournai la tête et me figeai. Il buvait son café près du bar, debout et torse nu. Finalement, des réveils comme ça, j'en voulais bien tous les jours.

— Bien dormi ? s'enquit Nathan.

— Super bien. Ça faisait longtemps.

Il baissa la tête, l'air peiné. C'était à cause de moi ? Ce ne devait pas être évident pour un exorciste de laisser volontairement un démon dans le corps d'un humain, surtout après les avertissements d'Aprilia.

— Tu veux quoi pour le petit déj' ? me demanda-t-il.

— Euh... Un café, s'il te plaît.

— Ça marche.

— Je peux t'emprunter tes toilettes ?

— Fais comme chez toi.

Je ne bougeai pas tout de suite. J'observais Nathan avec tellement d'insistance que je me trouvai malpoli. Je filai donc aux toilettes, ensuite à la salle de bain pour me laver les mains et me rafraîchir un peu avant de rejoindre la cuisine. Mon café était posé sur le bar à côté de viennoiseries. Je m'installai et, tout en remuant le liquide chaud, je repris mon examen minutieux de Nathan occupé à laver sa propre tasse, m'offrant ainsi la vision de son dos musclé où la grande queue du scorpion venait piquer la paire d'ailes tatouées sur ses omoplates.

Je portai ma petite cuillère à ma bouche tout en suivant des yeux la ligne régulière de sa colonne vertébrale jusqu'à ses salières d'Apollon puis son postérieur rebondi à qui les jeans moulants allaient à merveille. Ma température corporelle grimpa d'un coup. Le café était vachement chaud...

Nathan me fit soudain face. Mon attention remonta aussitôt de son entrejambe vers ses yeux.

— Qu'est-ce qu'il y a ? demanda-t-il.

— Euh... Rien. Je... Je me demandais pourquoi un scorpion ? mentis-je à moitié, car la question m'avait en effet effleuré l'esprit tant ce tatouage détonnait parmi les autres.

— Parce que je suis scorpion, répondit Nathan.

Ah ? Tiens, je n'avais jamais pensé à lui poser ce genre de questions banales. Il était tellement hors du commun.

— T'es né quand ?

— Un premier novembre, répondit-il en me montrant les têtes de mort sur ses mains comme si le lien était évident.

— Quelle année ?

— 89.

Alors il aurait vingt-sept ans à la fin de l'année, ce qui nous faisait un peu plus de trois ans d'écart.

— C'est fait exprès que tu sois né à la Toussaint ? questionnai-je. C'est une espèce de coïncidence symbolique ?

— Je ne sais pas, avoua-t-il en haussant les épaules. Peut-être.

Il s'appuya à l'évier et croisa ses bras sur son torse. Je détaillai ses abdominaux saillants et ses hanches étroites quand mes yeux se posèrent malgré moi sur sa braguette. Tit grimpa alors sur le bar et me fit sursauter une fois encore. Je renversai un peu de café mais cela eut au moins l'effet de me remettre les idées en place.

— Tit dodo, annonça-t-il, pandiculant. Spokoïnoï notchoï.

Il bondit sur le plan de travail de la cuisine. Je ne vis pas où il disparut car Nathan accapara mon attention en s'avançant pour nettoyer le bar.

— Tu veux autre chose ? proposa-t-il.

— Non, merci.

Il retourna à sa place, ce qui me fit penser à une chose.

— Tu restes toujours derrière le bar quand on est là, lui fis-je remarquer. C'est un moyen pour toi de garder tes distances ?

Nathan détourna la tête et soupira avant de me regarder dans les yeux :

— Oui.

Je posai ma tasse, désabusé. Être ici avec lui, avoir passé la nuit dans son appartement m'avaient rendu rêveur mais son affection pour moi n'était qu'une illusion inventée de toutes pièces par mon esprit. S'il avait accepté de m'accueillir, c'était uniquement parce qu'il se sentait coupable de m'imposer la présence de Sytry. Rien d'autre. Il aurait agi de la même manière avec n'importe qui.

Je n'étais rien pour lui, et cette pensée me creva le cœur.

Tant mieux. Au moins cela me remettrait-il sur le droit chemin et m'empêcherait d'attirer de nouveau la honte sur mes parents et mon frère. Je devais penser à eux avant tout.

Fatigué et déçu, je consultai mon téléphone portable qui indiquait l'heure de partir.

— On y va ? demandai-je à Nathan. J'aimerais me doucher avant d'aller au boulot.

— Je vais passer un truc et j'arrive.

Joignant le geste à la parole, il monta à sa chambre tandis que je faisais les cent pas dans le salon sous le regard curieux d'Aprilia. Mon attention fut attirée par le Blu-Ray de Star Wars IV sur la table basse, me rappelant que je m'étais endormi en plein milieu. Lorsque Nathan revint, je demandai à le lui emprunter, ce qu'il accepta sans grand entrain. La perspective de me revoir ne devait guère l'enchanter... Ce fut d'ailleurs pour ça, à mon avis, qu'il m'invita à le lui rendre de préférence le matin. Il s'assurait ainsi que je ne m'éternise pas à cause de mon boulot.

Nathan passa son équipement de motard, attrapa ses clés puis nous nous mîmes en route.

La trêve était terminée pour moi.

**

Nathan – Saint exorciste
Chevalier de l'ordre de Saint-Jean de Jérusalem

Après avoir raccompagné Michaël, j'étais revenu chez moi chercher Aprilia afin qu'elle me conduise sur la trace de Cerbère. Sur le trajet que nous parcourûmes à pied, elle m'expliqua avoir profité de l'ouverture du passage utilisé par les invocateurs de Cerbère entre l'Enfer et ici pour s'échapper. Elle avait donc atterri au même endroit que son maître. Sauf qu'à son arrivée, Cerbère n'était pas là et elle s'était fait capturer avant d'être emmenée à l'usine où je l'avais récupérée. Je n'étais donc pas sûr de pouvoir trouver des indices sur place.

Je suivis Aprilia dans la ville durant plus d'une heure. Quand elle s'arrêta enfin, je regardai l'endroit avec scepticisme : la Reynerie, quartier le plus tristement célèbre de Toulouse où s'élevaient des barres d'immeubles par dizaines.

— Tu es sûre de toi ? demandai-je à la chienne.

— Oui, c'est ici que je suis arrivée.

Réflexion faite, c'était le dernier endroit où je serais allé chercher des informations sur Cerbère.

Aprilia reprit sa route, je lui emboîtai le pas. Elle me guida jusqu'à l'église Saint-Paul des Nations bordant la place André Abbal en effervescence en raison du marché. L'espace, en temps normal, était assez vaste pour accueillir un chien à trois têtes haut de seize mètres. En revanche, j'avais du mal à imaginer comment une telle bête pouvait se cacher dans une église aussi petite que celle devant laquelle je me tenais. À moins que je ne me trompe, le quartier était trop récent pour abriter des souterrains.

Le molosse de l'Enfer reniflait l'air avec intérêt. Repérer l'odeur de Cerbère au milieu de toutes celles du marché ne devait pas être évident. Plus elle analysait l'air ambiant, plus elle pivotait en direction du parc, de l'autre côté du lac. Aprilia baissa la tête et souffla par les nasaux.

— Tu trouves ? interrogeai-je.

— Je sens des odeurs familières mais ça n'a aucun rapport avec Cerbère. Et il y a du sang. Beaucoup de sang.

— On va voir. Je te suis.

Nous contournâmes le marché en slalomant entre les quidams avant de rejoindre le lac que nous longeâmes jusqu'au parc du château de la Reynerie. Lorsque nous l'atteignîmes, un groupe de personnes attira mon attention.

Qu'est-ce qu'ils faisaient là, bon sang ?

Chapitre 18

Nathan – Saint exorciste
Chevalier de l'ordre de Saint-Jean de Jérusalem

Je m'appuyai à un tronc et croisai les bras sur mon torse pour observer sans la perturber la scène qui se jouait devant moi. Je ne pus retenir un sourire amusé en voyant Donna, caméra sur l'épaule, et Dylan, casque sur les oreilles et perche en mains, suivre les mouvements d'un quadragénaire en costume faisant mine d'examiner le cadavre d'une jeune femme. L'actrice devait être gelée à force de rester allongée sans bouger dans son léger déshabillé en soie. Sans compter qu'à huit heures trente du matin en plein mois de mars, il ne faisait pas spécialement très chaud.

Aprilia s'assit à côté de moi :

— Tu les connais ?

— La fille brune avec un bonnet et celui à côté d'elle, oui.

— Celui qui tient le bâton en l'air ?

Sa description me fit rire.

— Oui, celui avec le bâton.

— C'est celui qui est venu hier, le reconnut-elle à l'odeur. Ce sont tes amis ?

Je ne répondis pas. Mon sourire retomba au souvenir de tout ce que j'avais vécu avec Donna. Sa présence lors de la Marque des Cinq m'avait rassuré car je m'étais alors rappelé à quel point il était agréable de ne pas être seul et d'avoir une personne qui s'inquiétait pour nous. J'avais eu l'impression de compter pour quelqu'un.

— Tu ne les aimes pas ? reprit Aprilia face à mon silence.

— Au contraire. C'est pour ça que je préfère éviter de les mêler à mes histoires. Tu es bien placée pour savoir le mal que sont capables de faire les démons, argumentai-je en baissant les yeux vers elle.

Les siens, toujours aussi rouges, se voilèrent de tristesse. Oh oui, elle le savait, et certainement mieux que moi.

— C'est pour ça que tu dois te dépêcher d'exorciser Sytry, me dit-elle. Il finira par te faire du mal, et à Michaël aussi.

— Tu l'aimes bien ? Pour te soucier autant de lui ?

— Je suis peut-être un chien de l'Enfer, mais je sais ce que c'est de vouloir se sentir aimé. Michaël veut l'être aussi.

— Il est jeune, il a le temps de l'être, répliquai-je d'une voix plus affectée que je n'aurais imaginé.

Il l'était déjà, mais je ne serai pas celui qui le rendrait heureux. Il aurait fallu pour ça qu'il aime les hommes et que je ne sois pas le Saint Exorciste.

Je détournai mon attention d'Aprilia pour la reporter sur Donna qui s'avançait vers moi avec Dylan, un grand sourire aux lèvres. Je me redressai et glissai les mains dans mes poches. Le fait qu'elle semble heureuse de me voir me réchauffa le cœur.

Son regard tomba sur Aprilia lorsqu'elle s'arrêta devant moi :

— Tu as un chien ? s'étonna-t-elle.

— C'est une fugitive de l'Enfer qui m'aide à traquer Cerbère, expliquai-je. C'est elle qui était examinée dans l'usine.

— Pourquoi ?

— Je ne sais pas.

Je fis des présentations formelles puis Donna m'interrogea sur la raison de ma présence ici à une heure aussi matinale. Ma réponse laconique lui signifia que je ne tenais pas à l'avoir dans mes pattes. Elle esquissa une moue déçue.

— Si tu me tiens trop à l'écart, tu ne bénéficieras pas de ma chance, avança-t-elle dans l'espoir de me convaincre de la laisser venir.

— Bien tenté, la complimentai-je, mais tu n'as pas besoin d'être tout le temps avec moi pour que ça fonctionne. Tu fais office de source de chance à laquelle ton entourage se recharge dès qu'il te voit.

Son désarroi se fit plus grand :

— J'ai l'impression de me faire avoir, râla-t-elle.

Sa mine sincèrement abattue fit sourire Dylan qui la dévorait des yeux. Il la prit dans ses bras pour la consoler et déposa un baiser dans son cou. Donna se résigna alors.

— Est-ce que tu pourras m'envoyer un petit texto pour me dire que tu vas bien ? me demanda-t-elle.

Cette fois, ce fut à moi d'avoir envie de la prendre dans mes bras tant son affection me mettait du baume au cœur.

— Juste un petit, genre : « Je vais bien. » ? insista-t-elle.

— Je vais essayer d'y penser, lui promis-je.

Le reste de leur groupe les héla soudain. Le couple me salua alors avant de s'éloigner. Je m'apprêtais à partir à mon tour lorsque je vis Donna revenir vers moi :

— Au fait, tu as eu des nouvelles de Michaël ?

— Je suis passé le voir hier, répondis-je sans plus de détails. Pourquoi ?

— Nathan..., commença-t-elle en se tordant les doigts. Tu... Tu es spécial pour Michaël...

— Ne recommence...

— Il a des sentiments pour toi, me coupa-t-elle.

Mon palpitant manqua un battement avant de se compresser à m'en faire mal. Je voulais la croire autant que je voulais qu'elle me mente.

— J'en suis certaine, ajouta-t-elle. Sa façon de réagir, de te regarder et son envie de tout savoir sur toi... Je le connais depuis des années et c'est la première fois que je le vois aussi paumé...

— Stop, l'arrêtai-je. Donna, je suis sûr que tu es sincère mais je suis sûr aussi que tu te trompes.

— Non. C'est juste que tu ne veux pas le voir parce que tu as peur.

— J'ai peur de voir mourir des gens que j'aime par ma faute, oui, avouai-je sur un ton sec et agacé.

Donna baissa les yeux, contrite.

— Je suis désolée... Je pensais que tu voudrais le savoir.

Non, je ne voulais pas parce qu'à présent le doute quant aux sentiments de Michaël à mon égard me hanterait tous les jours et ne me laisserait pas tranquille. Je n'avais plus le choix : après l'exorcisme de Sytry, je devrai le sortir de ma vie si je ne voulais pas finir par faire une erreur fatale.

— Tes amis t'attendent, lui rappelai-je. Tu devrais y aller.

Je tournai les talons pour m'en aller quand Donna m'attrapa par le bras. Lorsque je lui fis face, elle se blottit contre moi.

— C'est pour que tes batteries de chance soient bien rechargées, se justifia-t-elle.

Durant une seconde, je ne sus pas quoi faire. Puis je m'autorisai un geste d'affection en caressant sa longue chevelure brune. Elle resta là sans bouger le temps d'un court instant, avant de briser son étreinte et de lever son doux visage pour me souhaiter bonne chance. Dylan l'appela alors et elle me laissa seul avec l'immense incertitude qu'elle avait fait naître en moi.

Elle se trompait, j'en étais persuadé. Elle devait faire erreur et je ne devais surtout pas la croire. Jamais.

Aprilia posa sa patte sur ma jambe pour attirer mon attention :

— On y va ?

— Je te suis.

Nous nous éloignâmes en direction des barres d'immeubles. Il nous fallut passer par-dessus un grillage afin de sortir du jardin avant de nous enfoncer dans le quartier. Le molossoïde de l'Enfer me conduisit vers une tour en apparence banale. Je lui ouvris la porte du hall désert en cette heure matinale. Sur les traces de mon guide à quatre pattes, je découvris la chaufferie tournant à plein régime, puis une porte dérobée devant laquelle Aprilia s'arrêta. Je m'apprêtai à l'ouvrir lorsqu'elle s'interposa.

— Les odeurs mènent ici, me dit-elle. Si on entre, on risque de tomber directement sur les ennuis.

Elle n'avait pas tort. J'entrepris donc de fouiller la pièce à la recherche d'un autre moyen pour entrer qui se révéla à moi sous la forme d'une grille d'aération. Avec l'aide de mon pouvoir, je la délogeai sans mal et passai la tête par l'ouverture : le conduit horizontal était assez large pour que je puisse m'y glisser.

— S'il y a un système d'aération qui va en sous-sol, expliquai-je à la chienne, c'est qu'il y a des sous-sols.

— Qu'est-ce que ça veut dire ?

— Qu'on va devoir ramper.

CHAPITRE 19

Nathan – Saint exorciste
Chevalier de l'ordre de Saint-Jean de Jérusalem

Desservi par ma carrure, je peinais à avancer dans le conduit d'aération tandis qu'Aprilia, qui nous dirigeait grâce à son flair, s'en tirait à merveille. Elle veillait même à ce que ses griffes non rétractiles ne frottent pas contre les parois au risque de nous faire repérer.

Nous crapahutâmes ainsi durant plusieurs dizaines de minutes, le temps pour le molosse de trouver le chemin à suivre et pour moi d'avancer bon gré mal gré. Il faisait totalement noir, ce qui m'obligeait à me fier à la nyctalopie de ma camarade. Ce détail me laissa pourtant perplexe : pourquoi aucune lumière ne filtrait-elle par les grilles ? Les personnes ayant investi les sous-sols devaient bien s'éclairer.

Devant moi, Aprilia s'arrêta d'un coup, un grognement sourd roulant dans sa gorge.

— Qu'est-ce qu'il y a ? chuchotai-je.

— Le sang est là, répondit-elle.

— Humain ?

— Entre autres.

— Amène-moi.

Elle obéit et rampa sur quelques dizaines de mètres encore avant de s'arrêter près d'une grille. Je m'en approchai avec prudence et jetai un coup d'œil en contrebas : je ne voyais qu'un couloir désert seulement éclairé par une lumière de secours et je sentais une violente odeur d'hémoglobine.

Qu'est-ce qui se passait, ici ?

J'agrippai la grille d'aération et utilisai mon pouvoir pour la déloger sans bruit. Une fois le passage ouvert je me laissai tomber dans le couloir. Une substance visqueuse au sol me fit déraper et je tombai de tout mon long. Je me redressai avec précaution avant de voir que les dalles de béton étaient recouvertes d'un liquide foncé, tout comme je l'étais. Je fis un tour sur moi-même en écarquillant les yeux d'horreur : combien de créatures avaient été tuées ici pour qu'une telle quantité de sang soit répandue ?

Aprilia me rejoignit lorsque j'inspectai les alentours. Je découvris vite qu'il n'y avait pas que du sang par terre mais aussi des os auxquels étaient encore accrochés des morceaux de muscles. Je portai une main à ma bouche pour retenir un haut-le-cœur que je parvins à endiguer de justesse.

— Tu sens quelque chose ? demandai-je d'un voix blanche à ma compagne à quatre pattes.

Elle reniflait l'air depuis tout à l'heure, expirant de temps en temps par la truffe pour en chasser l'odeur parasite d'hémoglobine.

— Il y a quelque chose de vivant, répondit-elle en prenant les devants.

Je restai dans ses pas par peur de la perdre de vue dans ce labyrinthe de couloirs. Je restais aux aguets du moindre bruit suspect car je n'étais pas convaincu que la créature responsable de ce massacre ait quitté les lieux.

Aprilia bifurqua à gauche après un coude avant de s'engouffrer dans un bureau dévasté. Des dossiers entiers étaient éventrés par terre et maculés de sang. À première vue, il n'y avait personne dans cette pièce. Le molosse s'était-il trompé ? Je le crus jusqu'à ce que son étude minutieuse d'une bouche d'aération au ras du sol n'attise ma curiosité. Une seule pensée de ma part me permit d'ôter la grille. Je me penchai et attrapai à pleine main ce qui encombrait le conduit.

— Sors de là, intimai-je à l'inconnu.

— Lâchez-moi ! protesta-t-il.

L'homme d'une quarantaine d'années se débattait comme un beau diable pour se soustraire à ma poigne. Loin de m'échapper, il commença à me taper sur le système.

— N'ayez pas peur, je ne vais rien vous faire, tentai-je d'une voix rassurante.

— Il est encore là ! On doit se cacher !

— Qui ?

L'homme me bouscula de tout son poids avec l'intention de retourner dans son trou, ce qui termina de m'agacer. Je le poussai brusquement contre le mur avant de lui octroyer une claque magistrale qui le calma net. Je l'attrapai par le col de sa chemise et le soulevai tout en déployant mon aura afin de l'intimider :

— Continue et je prendrai plaisir à te tuer moi-même, le menaçai-je.

Je le vis perdre ses couleurs en même temps que ses yeux ternes se remplissaient de larmes.

— Qui êtes-vous ? questionnai-je.

— Je m'appelle Antoine et je travaille pour Mayer & Bale, un groupe pharmaceutique privé qui tente de mettre au point des remèdes contre le cancer.

— Qu'est-ce qu'un groupe de cette taille fait dans les sous-sols d'une cité de Toulouse ?

— Mes supérieurs m'ont envoyé ici pour travailler sur le code génétique de créatures... Euh...

— Infernales, complétai-je.

L'homme me dévisagea, estomaqué.

— Je fais partie de l'Ordre de Saint-Jean de Jérusalem, l'éclairai-je. Ça ne me dit pas pourquoi ici et pas ailleurs ?

— Mes supérieurs se sont dit qu'au cas où l'une des créatures s'échapperait, les premières victimes seraient les Arabes du quar...

Je resserrai mes mains sur sa gorge tant la rage me submergea dès que je compris son sous-entendu.

— Ce ne sont pas des pertes acceptables, grognai-je, fielleux. Ce sont des êtres humains. Leur vie ne vaut pas moins que la vôtre, espèce de malades !

Le plaidoyer d'Antoine sortait de sa bouche sous forme de gargouillis inintelligibles. Je n'avais pas envie d'entendre ses arguments car aucun ne pourrait justifier de sacrifier une vie plutôt qu'une autre.

De sacrifier une vie tout court.

Pourritures !

— Tu vas le tuer si tu ne le laisses pas respirer, me raisonna Aprilia.

Je relâchai un peu ma prise, conscient que j'allais trop loin.

— Comment avez-vous trouvé ces créatures ? repris-je.

— Un prêtre... C'est un prêtre de votre Ordre qui a ouvert un passage vers l'Enfer. La première créature capturée s'est enfuie de notre premier labo, alors on a amené les autres ici.

— Le nom du prêtre ?

— Je ne sais pas. Je vous jure que je n'en sais rien, répéta-t-il face à mon air menaçant. Je ne l'ai jamais rencontré. Je n'ai pas les détails.

— Et pas de cerveau non plus, cinglai-je. À cause de votre inconscience, combien des vôtres sont morts ici ?

Antoine fondit en larmes au souvenir du carnage auquel il avait assisté.

— Vous êtes tarés, sifflai-je en lâchant l'homme brusquement. Si vous voulez sortir d'ici en vie, restez derrière moi.

— Vous allez où ?! paniqua-t-il. Le monstre est encore là !

— Quel monstre ?

— Un chien démoniaque trois fois plus gros que celui-là, expliqua-t-il en désignant Aprilia.

— Un chef de meute, précisa cette dernière. Il faut qu'on sorte vite, Nathan. Il ne doit plus rien y avoir à sauver et le fait que l'humain soit encore en vie est un miracle. Mais si le dominant nous trouve, nous n'en réchapperons pas vivants.

La voir si inquiète m'incita à ne pas tergiverser. Je saisis Antoine par le bras et le poussai pour sortir du bureau. Le niveau était spacieux, nous avions une chance de le quitter avant d'être repérés par le molossoïde de l'Enfer.

Aprilia nous ouvrait la voie. La tête dans le prolongement du corps, les oreilles bien droites et la queue entre les membres postérieurs, il était aisé de voir qu'elle était terrifiée. Si elle faisait partie des chiens infernaux les plus faibles, pas étonnant qu'elle craigne à ce point un tel prédateur. Elle marchait d'un pas si rapide qu'elle se retrouva à trottiner après seulement quelques mètres, nous obligeant Antoine et moi à nous calquer sur son rythme, ce qui n'était pas pour me déplaire.

Nous atteignîmes la bouche d'aération par laquelle nous étions entrés. Aprilia y sauta d'un bond tandis que je faisais la courte échelle à

Antoine. Une fois ce dernier en sécurité, je lévitai pour les rejoindre et me faufilai dans le conduit. J'avais parcouru à peine un mètre quand un grognement sinistre brisa le calme du sous-sol.

Nous nous immobilisâmes tous les trois par réflexe.

Au cœur du silence, le grognement se fit de nouveau entendre. Il était juste à côté de nous, dans le couloir.

J'étais tellement focalisé sur mon ouïe que mon cœur cognant contre mes côtes me semblait faire un vacarme assourdissant. J'avais l'impression qu'il résonnait sur les parois du boyau au risque de nous faire repérer. Mais ce n'était qu'une simple impression.

Un choc violent ébranla soudain tout l'immeuble. Des griffes impressionnantes percèrent le conduit à ma hauteur, laissant présager la taille et la force du molosse.

— Aprilia, va-t-en ! ordonnai-je lorsque la patte démesurée du dominant explosa la paroi.

Ses griffes se plantèrent dans mon mollet et le transpercèrent. Un rugissement effroyable couvrit mon cri de douleur puis je sentis une force titanesque me tirer en arrière. Sans prise pour m'accrocher, je fus emporté par le monstre.

Chapitre 20

Nathan – Saint exorciste
Chevalier de l'ordre de Saint-Jean de Jérusalem

Je percutai le mur du sous-sol de plein fouet. Le choc me coupa le souffle, occultant un instant la douleur de mon mollet transpercé de part en part. Le monstre me projeta ensuite sur le sol avec tellement de force que mon bras droit sur lequel j'atterris se brisa comme du verre en m'arrachant un nouveau cri de souffrance. La créature dégagea ses griffes d'un mouvement brusque de la patte, alors je sentis mon sang brûlant couler sur ma peau et imprégner mon pantalon.

Ma vue devint floue et ma conscience vacillante, me laissant un instant incapable de bouger. Mon temps de latence dut persuader le chien infernal qu'il m'avait tué car il n'attaqua pas. Son hésitation avant de me renifler me permit de reprendre mes esprits et de concentrer mon pouvoir dans ma main gauche, la droite étant hors-service. Dès que le molosse dominant me mit sur le dos d'un coup de museau, j'y posais ma main et lui balançais une décharge si puissante que le chien vola jusqu'à l'autre bout du couloir.

Je me relevai sans attendre et m'enfuis à l'opposé. Privé de mon pouvoir divin, les blessures que j'infligerai à l'animal ne me permettraient jamais de le tuer. Si je ne sortais pas d'ici dans les prochaines minutes, c'en serait fini de moi.

J'avançai avec mon bras droit ballant et en traînant la jambe. Mon équilibre n'était pas excellent, tout comme mes repères dans l'espace. Avec si peu de luminosité je parvenais difficilement à estimer les distances et à distinguer les couloirs avant d'être devant. En revanche, je sentis le sol trembler quand le prédateur se lança au pas de course à ma poursuite. J'entendais son grognement de plus en plus près.

J'accélérai, haletant, vidé et nauséeux, toujours poussé par le bruit dans mon dos. Je me retournai pour voir où était mon ennemi : il était déjà là, se déplaçant à une vitesse que j'estimais mal mais que je devinais très rapide. Je me préparais à l'accueillir quand sa gueule se referma soudain sur mon mollet blessé : j'avais surestimé mon temps de réaction. Je hurlai quand les crocs broyèrent mes os. Le chien me secoua avant de me jeter vers le plafond. J'évitai le choc mortel en créant un bouclier de protection qui fracassa le plafond du niveau puis le macadam de la rue.

Cette fois, j'étais incapable de me relever. Allongé sur le dos, face au ciel nuageux, j'entendis le monstre s'extirper du sous-sol en grognant.

J'entendis alors les habitants du quartier hurler de terreur et je devinais sans mal un mouvement de panique général. Puis la silhouette de la créature me cacha le bleu de l'azur et je sentis son haleine fétide agresser mes narines.

Merde, j'aurais jamais imaginé crever comme ça. Je comprenais pourquoi Aprilia avait fui les Enfers.

Le monstre ouvrit la gueule, prêt à me dévorer, quand le cri de rage d'une femme attira son attention. Je vis une lourde hache fracasser la mâchoire inférieure du molosse qui couina de douleur. Puis une jambe musclée à la peau noire ténèbres repoussa la bête qui recula assez pour ne plus me menacer directement. Je tournai la tête au moment où une inconnue au corps athlétique, vêtue d'un simple bandeau et d'un pagne en peau d'animal, avança en direction du molossoïde en faisant tourner ses deux haches dans ses mains.

— Je ne pourrai pas le tuer seule, Nathan, me dit-elle d'une voix naturellement chaude. Je ne suis pas assez forte.

— Aprilia, la reconnus-je.

Elle avait une forme... humaine...

— Comment je peux le battre ? me demanda-t-elle.

Je ne répondis pas, j'étais en train de perdre doucement connaissance.

— Nathan ! hurla quelqu'un.

Je sursautai en reconnaissant cette deuxième voix.

Donna !

******

Donna – Étudiante au bord de la tachycardie

Je courus en direction de Nathan sans même savoir si Dylan me suivait. Le vacarme de l'affrontement avait attiré notre attention malgré le brouhaha du marché et nous avions tout de suite compris que Nathan avait un problème. Et quel problème ! En face de nous, un chien monstrueux plus haut qu'un cheval fit craquer sa mâchoire quand j'approchai de mon exorciste. Puis sans crier gare, il fonça sur nous. Je m'arrêtai net et eus un mouvement de recul qui me fit percuter mon petit-ami dont le réflexe fut de me pousser derrière lui pour me protéger. Il se prépara au choc quand une femme à la peau noire d'encre et aux yeux rouge rubis intervint en tranchant les tendons des pattes arrière de l'animal. Il s'écroula lourdement sur le sol.

— Ne restez pas là ! hurla l'inconnue. Il se régénère.

Quelque chose agrippa ma cheville à ce moment-là et je sursautai avant de poser les yeux sur Nathan. Je m'accroupis pour l'entendre parler.

— Trouve un homme de foi, articula-t-il avec peine. Aprilia le... retient.

— Compte sur moi ! lui assurai-je en me relevant.

Avant de m'en aller en mission, je demandai discrètement à Dylan d'appeler Michaël. Il sortit son portable pour lui envoyer un texto quand je partis au pas de course vers l'église la plus proche en espérant l'atteindre à temps. Tel un oiseau de proie, je filai en fendant l'air jusqu'à ce qu'une intuition me coupe net dans mon élan en plein milieu des barres d'immeubles, à seulement cent mètres du monstre. On était à la Reynerie, je n'avais pas besoin d'un prêtre.

Mon instinct me fit aviser un appartement au rez-de-chaussée à la fenêtre duquel je tambourinai comme une malade jusqu'à ce qu'un homme d'une cinquantaine d'années vienne m'ouvrir.

— J'ai besoin d'aide ! suppliai-je d'un ton affolé. Mon ami va mourir !

Devant mon air paniqué, l'homme ne me demanda pas plus de détails. Il referma la fenêtre avant de me rejoindre dehors.

— Qu'est-ce qui se passe ? s'enquit-il avec son accent arabe reconnaissable.

— Vous êtes pratiquant ? demandai-je en réponse.

Il me dévisagea, médusé et coi.

— Pardon ?

— On a besoin d'Allah, ajoutai-je en le faisant se tourner vers le bout de la rue où Aprilia tentait de tenir le monstre loin de Nathan.

Elle était parvenue à le faire reculer de plusieurs dizaines de mètres et se battait comme une forcenée en essayant de ne pas se faire déchiqueter.

Le quinquagénaire eut un impressionnant mouvement de recul tandis qu'il marmonnait quelque chose dans sa langue maternelle. Seule ma prise sur son bras l'empêcha de s'enfuir. Il me fixa alors, le visage trahissant une peur sans nom.

— Qu'est-ce que c'est ? me demanda l'inconnu d'une voix blanche.

— Un chien de l'Enfer. Aidez-nous, le suppliai-je à nouveau, au bord des larmes.

Ma détresse sincère lui redonna contenance et courage puisqu'il me suivit enfin. J'amenai l'homme du nom de Tayeb vers mon exorciste sur lequel mon petit-ami veillait. Nous nous penchâmes vers Nathan qui peinait à rester conscient à en juger par ses yeux hagards.

— J'ai un homme de foi, l'informai-je.

— Il est... chrétien ?

— Musulman. C'est grave ?

— ... Non. C'est la foi... qui compte. Il faut qu'il prie Allah... d'immobiliser le chien. Je dois récupérer. Il doit l'immobiliser...

— Comment ? demanda Tayeb.

— Juste... prie, souffla Nathan.

Tayeb me fixa, l'air incertain. Je lui dis d'obéir, ce qu'il fit après une courte hésitation. Il s'agenouilla en direction de La Mecque et se mit à réciter des prières en arabe. Je détournai mon attention de lui pour la porter sur le combat qui faisait rage entre la femme aux haches et le chien.

Rien ne se passait.

Du moins au début. Puis je m'aperçus que plus Tayeb priait, plus le chien avait du mal à bouger. Petit à petit, il se retrouva paralysé, incapable de faire autre chose que de grogner et de mordre l'air.

Aprilia tomba à genoux, haletante. Je ne remarquai ses importantes blessures qu'en apercevant une tache sombre se former sous elle.

— Donna, m'apostropha Dylan, inquiet. Nathan nous lâche.

Mon exorciste perdit connaissance sous mes yeux. L'affolement me gagna quand Dylan se pencha sur lui pour prendre son pouls. Je le vis pâlir avant d'attraper son portable sur lequel il composa un numéro.

— Qu'est-ce que tu fais ? paniquai-je.

— Je n'ai pas reçu de réponse de Michaël alors j'appelle les pompiers. Nathan ne survivra pas si on attend encore, il a besoin d'être transfusé.

La révélation me laissa littéralement sur les fesses. À côté de nous, Aprilia afficha un air résigné en entendant la nouvelle. Je la vis se relever péniblement, ses mains serrant ses haches comme si sa vie en dépendait. Je compris ce qu'elle s'apprêtait à faire lorsqu'elle fit une nouvelle fois face à l'énorme chien de l'Enfer. Elle inspira profondément avant de se jeter sur lui, se heurtant de plein fouet à la barrière divine qui lui brûla la peau à en juger par la violente odeur de chair carbonisée qui me parvint. Sa volonté ne souffrit pourtant pas de l'obstacle duquel elle vint à bout. Ses haches tranchèrent alors les artères du cou de la bête qui s'écroula pour de bon.

Chapitre 21

Nathan – Saint exorciste
Chevalier de l'ordre de Saint-Jean de Jérusalem

J'ouvris les yeux sur le décor d'une chambre d'hôpital éclairée par un soleil encore haut dans le ciel. Pourquoi j'étais ici ? Où était le molosse de l'Enfer ? Et Aprilia ? Il me semblait me rappeler Donna aussi, Dylan et un inconnu au visage basané.

Il me fallut un très long moment pour rassembler tous mes souvenirs et les remettre dans l'ordre. En revanche, ne pas savoir ce qui était arrivé à mes amis me vrilla les entrailles de peur. Et si le chien les avait tous tués ? Si les personnes qui m'avaient aidé n'étaient pas arrivées à temps pour les sauver ? Une boule douloureuse se forma dans ma gorge tant cette pensée me déchira le cœur. Je devais savoir ce qui leur était arrivé. Je voulais les voir.

Je tentai de me redresser mais mon corps refusa net. La colère se mêla à la tristesse et dans ma tête défilaient des pensées noires dont le flux incessant me donna la nausée. La porte de ma chambre s'ouvrit à cet instant sur une infirmière. Elle sourit aimablement en me constatant réveillé et approcha pour vérifier les données affichées sur les appareils auxquels j'étais relié.

— Ça va ? me demanda-t-elle sur un ton bas et calme.

Je m'aperçus en voulant lui répondre que ma gorge me faisait mal ; ils avaient dû m'extuber depuis peu. J'acquiesçai donc d'un signe de tête.

— Sur une échelle de un à dix, où se situe votre douleur ?

Je pris le temps d'écouter mon corps qui, malgré son état pitoyable, ne me faisait pas si mal que ça.

— Deux, répondis-je d'une voix enrouée. Mes amis ?

— Ils patientent en salle d'attente depuis votre arrivée ce matin.

Un soulagement sans nom m'envahit.

— Vous allez passer la nuit sous surveillance ici et si tout va bien, vous irez en chambre demain, m'expliqua la femme. Vous pourrez les voir à ce moment-là.

J'approuvai d'un simple mouvement de la tête. L'infirmière termina de faire le tour des appareils et de me poser ses questions avant de me laisser me reposer. Elle fit bien car je ne dus pas mettre plus de deux minutes à m'endormir après son départ.

La nuit s'étant bien passée, je remontai en chambre individuelle le lendemain comme convenu. Mon bras et ma jambe plâtrés réduisaient considérablement ma capacité de mouvement à tel point que me remettre comme il fallait sur mon lit demandait une rigueur presque mathématique pour ne pas trop souffrir. La journée fut longue mais eut au moins la vertu de me permettre de dormir, même si c'était par intermittence.

Je fus tiré de l'une de mes siestes, à la tombée du jour, par une énergie vivifiante remontant le long de mon bras droit. En ouvrant les yeux, je vis Michaël avachi sur le bord de mon lit, les paupières closes. Soucieux de ne pas le déranger, je décidai de ne pas bouger, appréciant comme jamais sa main glissée dans la mienne, puis je fermai les yeux.

La porte de ma chambre s'ouvrit soudain. Si je n'esquissai pas le moindre mouvement, Michaël, qui ne dormait pas, se hâta de rompre le contact pour mettre fin au flux bleuté.

— Qu'est-ce que tu fais là ? entendis-je demander.

— C'est un ami, expliqua Michaël à la femme qui venait d'entrer. Je ne savais pas que tu étais son médecin.

— Et moi je ne savais pas que tu avais fait de nouvelles rencontres, répliqua la femme d'une voix basse mais un peu sèche. Pourquoi tu ne l'as jamais présenté ?

— C'est quoi cette question ? se braqua Michaël. Tous mes potes doivent être fichés par tes bons soins, c'est ça ?

— Baisse d'un ton, veux-tu. Ce n'est pas l'endroit. C'est vrai, j'aime connaître tes amis mais je suis ta mère, c'est normal.

— Non, la contra son fils. Si tu fais ça c'est parce que tu as peur que l'histoire avec Jérémie se répète.

— Micha...

— T'as rien à craindre, la coupa-t-il. Je n'ai pas l'intention de vous faire souffrir encore.

Il y eut un silence, avant que la doctoresse ne reprenne :

— Ce n'était pas que Jérémie ?

— ... Non. Mais Papa n'en saura rien et Gaby non plus.

— Lui ? demanda sa mère.

Nouveau silence. J'entrouvris les yeux et vis sur le visage de la femme médecin, dont l'index était tendu vers moi, une expression mêlant colère et appréhension.

— Il ne connaîtra jamais mes sentiments non plus, répondit Michaël. J'ai essayé durant des années d'enfouir ça en moi mais quand je l'ai rencontré tout est ressorti... Je te jure que j'ai pas choisi. J'ai pas eu le choix, Maman.

Je ne retins de sa réponse que ses sentiments à mon égard et le fait que Donna avait eu raison. Ma joie retomba pourtant vite.

— Dehors, ordonna sa mère sans pour autant hausser le ton.

Pourtant il était dur comme de la pierre et fit naître en moi une rage grondante. J'avais beau savoir que plus Michaël resterait loin de moi, mieux ça serait pour lui, je ne pouvais pas me résoudre à laisser une autre personne décider à ma place. J'avais connu ça toute ma vie.

— Je reste.

— Dehors, Michaël, répéta sa mère. Je t'interdis de revenir dans cette chambre ou même de revoir ce garçon. Loin des yeux, loin du cœur, alors dehors.

J'ouvris mes paupières et bougeai pour attirer l'attention de la doctoresse, coupant ainsi court à sa joute verbale avec son fils. L'expression granitique de la femme aux cheveux blonds devint aussi douce qu'un vent de printemps. Je me désintéressai d'elle, préférant porter toute mon attention sur le visage angélique de Michaël. Son air fatigué me rappela alors la présence de Sytry en lui et la promesse que je m'étais faite : j'exorciserai bientôt le démon et rendrai sa liberté à Michaël. Je devais le faire avant de succomber à mes sentiments.

Je m'assis dans mon lit, repoussant la couverture qui laissa mon torse nu, et fixai la doctoresse d'un air peu commode.

— Je crois que vos patients vous attendent, débitai-je d'une voix glaciale.

— Mais...

— Au revoir, la coupai-je tandis que mon aura infernale m'engloutissait.

La femme me fixa, l'air incertain, avant de regarder son enfant puis de s'en aller. Ma contrariété retomba aussitôt avant de disparaître totalement lorsque Michaël me prit la main.

— On t'a réveillé ? demanda-t-il.

— Ce n'est pas grave, répondis-je, soucieux de ne pas le mettre mal à l'aise. Tu as des nouvelles de Donna, Dylan et Aprilia ?

— Aprilia se repose chez toi, quant à Donna et Dylan, ils ne devraient pas tarder à venir. Ils m'ont dit pour le super chien de l'Enfer. Apparemment tu dois la vie à un type qui a réussi à le retenir assez longtemps pour qu'Aprilia puisse le tuer. Depuis hier l'histoire fait un boucan pas possible dans la ville mais les types sur place qui avaient pris des vidéos se sont retrouvés avec des images noires totalement inexploitables.

— C'est normal, les créatures infernales parasitent l'électronique, expliquai-je.

— Ouais, ben du coup les autorités ont expliqué que ça devait certainement être un ours échappé de quelque part.

— Les gens finiront par oublier. Et toi, comment tu vas ?

J'eus l'impression que ma question faillit lui tirer des larmes, mais il se contint et me répondit simplement qu'il allait bien.

— Dylan m'a envoyé un texto hier pour que je vienne t'aider mais j'étais au boulot, je l'ai vu qu'à ma pause de midi quand tu étais déjà ici. Je suis passé hier soir, on m'a dit que je n'avais pas le droit de te voir, c'est pour ça que je ne suis revenu que maintenant.

— Tu ne me dois rien et surtout pas des justifications ou des excuses.

La pression de ses doigts sur ma main augmenta sensiblement et je m'aperçus alors que je n'avais plus mal au bras. Bien que les blessures fussent impressionnantes, elles étaient moins graves que celles qui m'avaient été infligées durant la Marque des Cinq. Ici, je n'avais que quelques os cassés qui seraient réparés en moins d'une heure. Ce soir, moyennant ma signature sur une décharge, je serai chez moi et je pourrai me remettre à la traque de Cerbère.

Mes pensées s'envolèrent lorsqu'on toqua à ma porte. Michaël brisa le contact entre nous jusqu'à ce que Donna et Dylan entrent. Il le renoua tandis que Donna s'enquit de mon état avant de me demander des explications sur les événements de la veille, en particulier sur l'intervention de Tayeb.

J'expliquai donc que si les créatures infernales craignaient les divines, elles redoutaient plus que tout la foi des Hommes, cette énergie sans pareille dont les cieux se nourrissaient, raison pour laquelle la religion des individus importait peu. Si Tayeb avait été juif, bouddhiste, animiste ou autre, cela n'aurait rien changé.

Mes camarades me tinrent compagnie jusqu'à mon rétablissement complet et mon départ de l'hôpital. Je saluai Donna et Dylan avant de laisser Michaël me raccompagner chez moi.

Il se gara vingt minutes plus tard au pied de mon immeuble. Je prétextai avoir encore besoin de repos pour le quitter rapidement. En vérité je ne voulais pas donner l'occasion à mes sentiments de prendre le dessus depuis que je connaissais ceux de Michaël à mon égard. J'avais réellement peur de ce qui pourrait se passer entre nous, tout comme j'étais terrifié à l'idée de ne pas être capable de le repousser si cela arrivait.

Le fuir était préférable.

CHAPITRE 22

Nathan – Saint exorciste
Chevalier de l'ordre de Saint-Jean de Jérusalem

En rentrant chez moi, je trouvai Aprilia allongée dans le salon sur une de mes vieilles couvertures maculée de sang séché. À côté d'elle, Tit avait posé un bol d'eau mais la chienne ne semblait pas y avoir touché. Je m'accroupis et caressai la tête imposante de l'animal.

— Elle a mangé ? demandai-je au domovoï.

— Noï. Nichivoï.

— Je dois avoir de quoi lui préparer quelques onguents dans ma réserve. Je reviens.

Tit posa sa large main poilue sur ma tête avant que je ne me relève et colla son front contre le mien dans un geste affectueux.

— Tit schistlivy toï rtré masoï.

— Moi aussi je suis heureux d'être rentré à la maison.

— Oï. Vast, me dit-il en me repoussant.

Je l'abandonnai avant d'aviser le mur près de l'escalier. Je posai mes deux mains dessus pour faire disparaître la paroi puis fouillai sur mes étagères encombrées d'objets magiques divers où je dégotai un coffret en bois d'apothicaire ainsi qu'un pilon et un mortier. J'avais profité de mes nombreux contrôles auprès des sorcières des environs pour leur piquer quelques potions faciles à réaliser, comme un onguent cicatrisant. J'espérai seulement avoir tous les ingrédients en quantité suffisante pour soigner efficacement Aprilia.

Je me mis sans plus attendre au travail. Je réduisis dans un premier temps toutes les herbes en pâte avant d'ajouter un zeste de racine de mandragore que je liai avec un peu de sang de corbeau. J'attendis deux minutes, le temps pour la racine de libérer ses propriétés, avant d'enlever le zeste. Je mélangeai une dernière fois la préparation jusqu'à obtenir une pâte homogène vert foncé puis je retournai vers ma patiente.

À genoux à côté d'elle, j'appliquai la pommade sur ses nombreuses plaies. Aprilia ne se réveilla pas alors même que je passais de longues minutes à recouvrir chacune de ses blessures. Entre les griffures, les morsures et les brûlures, le fait qu'elle soit encore en vie était un miracle. Une fois mon entreprise terminée, Tit prit le relais pour la veiller toute la nuit.

Bien qu'à présent guéri, la journée avait été longue pour moi. Une bonne nuit de sommeil me permettrait de me reposer et de remettre toutes mes idées en place. Je décidai cependant de dormir sur le canapé pour être près d'Aprilia au cas où elle aurait besoin de soins dans la nuit. J'allai donc à ma chambre chercher ma couverture et mon oreiller avant de redescendre au salon et de me coucher. Les paroles de Michaël à l'hôpital tournèrent dans ma tête un long moment avant que le sommeil n'ait raison de moi.

Ce furent les couinements d'Aprilia qui me réveillèrent tôt le lendemain. Je me redressai sur mon avant-bras pour la voir changer de position sur sa couverture au prix d'un effort qui lui occasionna des douleurs. Elle se rallongea et vida ses poumons avant de les remplir de nouveau. Sa respiration sifflante était particulièrement difficile.

— Comment tu vas ? m'enquis-je.

— Je ne veux pas retourner en Enfer, se lamenta-t-elle. Ce sont ces combats quotidiens que j'ai fuis, je ne veux plus les subir.

— Je comprends un peu mieux ce que tu endurais en bas. Par contre je ne comprends pas pourquoi tu as une forme humaine.

— Les démons nous utilisent parfois pour infiltrer les humains, alors ils nous ont donné deux formes. Mais celle-ci est la mienne, l'autre ne m'est utile que dans certains combats.

— Je comprends. Tu veux manger quelque chose ?

— Non, je veux dormir encore, répondit-elle sur un ton las.

— Très bien, repose-toi.

Moi, en revanche, je n'avais plus sommeil. Je repoussai ma couverture et me levai. Tit était déjà couché vu le calme ambiant.

— Aprilia, je vais aller à la douche. Ça va aller ?

— Oui.

Je récupérai ma couverture et mon oreiller avant de monter à ma chambre où je les posai en vrac sur mon lit. Je laissai la porte de ma chambre ouverte afin d'entendre Aprilia si elle m'appelait puis je filai sous la douche pour enlever de ma peau cette maudite odeur d'hôpital.

**

Michaël – Possédé par Sytry

Le démon en moi avait apprécié le tête-à-tête de la veille avec ma mère au point de me le rabâcher toute la journée. En plus d'être en manque de sommeil et d'avoir un mal de tête affreux, je devais sans cesse l'entendre me répéter que j'étais une ignominie pour mes parents.

J'en avais ma claque.

Avant de partir au boulot pour rattraper mes heures d'absence, je reçus un texto de ma mère me demandant de passer le lendemain pour parler. Sauf que je n'avais pas envie de passer un dimanche en sa compagnie. Je lui avais dit que mes sentiments ne seraient jamais connus, je tiendrai parole peu importait ce que cela me coûterait. Je verrouillai donc mon portable en oubliant aussitôt le message, attrapai le Blu-Ray de Star Wars IV et partis en direction de chez Nathan. Lui rendre le film me donnerait une excuse pour le voir et pour faire fermer sa gueule à Sytry

« *Mais je serai toujours là* », susurra sa voix irritante.

Je resserrai mes mains sur le volant à m'en faire mal. Il me mettait tellement en rogne ces derniers temps que j'en venais à chercher la souffrance physique pour détourner la mentale. Et ça le faisait triper.

Je me garai plus ou moins correctement en bas de chez Nathan. En regardant l'heure sur mon tableau de bord, je m'aperçus que j'étais parti très tôt de chez moi, je n'embauchais que dans cinquante minutes. Je lâchai un juron avant de descendre de voiture et de rejoindre l'appartement de Nathan à la porte duquel je toquai. Le battant s'ouvrit. J'entrai mais ne vis personne.

— Euh... Merci, lançai-je à l'aveugle tout en me déchaussant.

— Oï ! entendis-je depuis la cuisine.

Un bâillement suivit l'exclamation, puis le calme retomba. Je remarquai à cet instant la masse noire couchée par terre près du canapé. Je m'approchai d'Aprilia qui ouvrit les yeux avec peine.

— Comment tu vas ? m'enquis-je en lui caressant la tête.

— Mieux. Nathan m'a soignée.

— Il est où ?

— En haut.

Je levai la tête vers la mezzanine dont la porte était ouverte. Ce n'était peut-être pas une bonne idée que je le vois, en fait. Je ne me sentais pas le courage de faire encore semblant d'aller bien. Je posai le film sur la table basse :

— Je venais juste lui rapporter un truc, je ne vais pas le déranger. J'y vais. Repose-toi bien.

La chienne hocha la tête avant de se rendormir. La pauvre devait être crevée à en juger par la quantité impressionnante de sang sur la couverture. Nathan pourrait jeter le couvre-lit, il était impossible à ravoir.

Je me redressai sans faire de bruit et m'apprêtai à partir lorsque l'horrible sensation d'être projeté en arrière me fit perdre le contrôle de mon corps.

« *Putain, Sytry, qu'est-ce que tu fous ?!* » hurlai-je dans ma propre tête.

— Je vais m'amuser un peu, pardi, me répondit-il avec ma voix tout en se tournant vers la chambre de Nathan. Une fois le Saint Exorciste sous ta coupe, je pourrai en faire ce que je voudrai, il ne te dira jamais « non ».

« *Tu débloques, fils de pute ! Il saura tout de suite que ce n'est pas moi ! Rends-moi mon corps !* »

— Continue de crier, monstre, personne ne t'entend.

Un sourire parfaitement satisfait étira mes lèvres tandis que je vis Sytry enlever mon manteau et mon pull avant de monter jusqu'à la chambre de Nathan. J'avais beau hurler, m'époumoner et me débattre, je ne parvenais pas à reprendre le contrôle de mon corps. Un mauvais pressentiment me sauta à la gorge lorsque je vis ma main nous enfermer dans la chambre. Puis Sytry me débrailla et je me vis avancer vers la salle de bain au moment où Nathan en sortait seulement vêtu d'une serviette attachée à sa taille.

Prisonnier de mon propre corps, incapable de parler, je ne pus rien dire quand je compris ce que Sytry s'apprêtait à faire.

CHAPITRE 23

Nathan – Saint exorciste
Chevalier de l'ordre de Saint-Jean de Jérusalem

Je me figeai net en voyant Michaël devant moi dans ma chambre.

— Qu'est-ce que tu fais là ? demandai-je.

Il ne répondit pas. Son visage d'ange sans aucune expression me détailla dans les moindres détails jusqu'à ce qu'une lueur d'envie passe dans ses yeux bleu-vert. Il avança vers moi toujours sans un mot, faisant monter la température de mon corps à chacun de ses pas. Sans que je m'y sois préparé, ses lèvres s'emparèrent des miennes en un baiser qui m'embrasa aussitôt.

Je me délectai du contact avant d'utiliser le peu de raison dont je disposais encore pour le repousser doucement. Il avait dit ne pas vouloir se confesser à moi.

— Pourquoi ? soufflai-je.

Il enleva son tee-shirt puis m'embrassa de nouveau en se collant à moi, frottant ses hanches contre les miennes. La réaction de mon corps fut quasiment immédiate et je constatai avec plaisir que celle du sien fut aussi rapide. Je posai mes mains sur ses fesses et le plaquai contre moi pour savourer la chaleur de son entrejambe sur le mien.

Merde, qu'est-ce que j'étais en train de faire ? C'était mauvais, très mauvais. Mais le pire était que je n'avais pas du tout envie de le repousser. Je doutais même en être capable tant je le voulais.

Tandis que ma langue se glissait dans sa bouche fiévreuse, j'enlevai la ceinture de Michaël et déboutonnai son pantalon avant de le guider jusqu'au lit où je l'allongeai. J'en profitai pour le déshabiller en totalité avant d'ôter ma serviette et de me glisser entre ses jambes pour retrouver le chemin de sa bouche. Je savourai ses lèvres comme le plus délicieux des nectars, puis j'explorai son cou solide, ses pectoraux dessinés et les méplats de son torse sublime que ma langue s'appliqua à lécher avec soin.

Les yeux rivés sur le visage de Michaël, je guettai la moindre de ses expressions. Celle qu'il m'offrait à cet instant me fit perdre la tête.

Je voulais plus de lui. Tellement plus.

J'attrapai dans ma table de nuit mon dernier préservatif et le fond d'un tube de lubrifiant. J'en enduisis mes doigts avant de glisser mon index en Michaël. Passé la crispation naturelle de son corps, je fus libre d'aller et venir lentement, puis de glisser un autre doigt, et un autre, habituant mon compagnon jusqu'à ce qu'il soit prêt à me recevoir.

Je passai le préservatif que je lubrifiai avant de me positionner entre les jambes de Michaël et de rentrer avec douceur en lui. Il se mordit la lèvre inférieure tout en retenant un gémissement discret. Je me penchai un peu en avant, essoufflé mais terriblement bien en lui.

— Ça va ? soupirai-je.

Il hocha la tête. Je bougeai d'un mouvement long et lent, toujours à l'affût de ses réactions. Michaël s'humecta les lèvres de manière sulfureuse. Je me penchai encore et l'embrassai à pleine bouche en donnant un coup de reins plus appuyé qui lui arracha un gémissement étouffé par notre baiser. Michaël brisa le contact.

— Plus fort, réclama-t-il d'une voix chevrotante en noyant ses mains dans mes cheveux.

Sa supplique formulée au creux de mon oreille marqua le départ de la course effrénée de mon bassin et le début de ses cris de contentement.

— Encore, Nathan, souffla-t-il. Plus fort.

Je raffermis mes appuis avant de me donner à fond. Les doigts de Michaël plaqués sur mes fesses me griffèrent tandis que des feulements rauques nous échappaient.

— Hm, je viens.

Mon partenaire gémit à peine ces mots qu'un orgasme le fit légèrement s'arcbouter alors qu'il se répandait sur les reliefs de son torse. La vision érotique me fit atteindre les limites de ma propre endurance. Je penchai un peu la tête en arrière et frissonnai entre les jambes de Michaël lorsque je vins à mon tour.

Hors d'haleine et transpirant, j'attendis un instant supplémentaire avant de me retirer avec précaution. Je me débarrassai de ma protection puis je m'allongeai à côté de mon partenaire. Mais lorsque je le pris dans mes bras pour le serrer contre moi, des sanglots discrets lui échappèrent.

Alerté, je me redressai sur mon avant-bras et l'obligeai à me regarder en emprisonnant son menton entre mes doigts.

— Qu'est-ce qu'il y a ? paniquai-je. Je t'ai fait mal ?

— J'ai dit..., renifla-t-il. Il a pas écouté. J'avais promis... J'avais promis...

La peur de comprendre contracta violemment mon ventre.

Non, pas ça. Seigneur, pas ça.

— Michaël..., commençai-je d'une voix blanche. Est-ce que tu étais consentant ?

Il resta silencieux un court instant.

— Sytry...

Michaël se tordit soudain de douleur entre mes bras, le démon n'appréciant pas le début de sa confession, et ce fut la première fois de ma vie que je ressentis cette haine viscérale qui conduit au meurtre. Mon aura maléfique m'échappa tant qu'elle coupa le souffle à Michaël et qu'elle calma le démon pendant qu'à mon poignet droit, mon bracelet vibrait de joie. Des sentiments noirs bouillaient en moi, oscillant entre colère et culpabilité car ce que j'avais toujours craint venait de se produire. Une fois encore, mon affection avait blessé un innocent. Écœuré par ma faiblesse et mon égoïsme, et incapable de réfléchir autrement qu'avec mon cœur meurtri, je dirigeai tout mon ressentiment vers Sytry.

Le démon allait payer. Et il allait payer cher. La froide raison reprit alors le dessus et, cruelle, me susurra l'idée d'un châtiment adéquat. Pour le lui infliger, je ne devais pas inquiéter Sytry, ne rien laisser paraître. Je pris sur moi comme jamais pour tempérer ma hargne. Je me levai, passai ma serviette à ma taille avant d'aider Michaël à se redresser puis de l'amener à ma salle de bain.

— Prends une douche, conseillai-je. Une longue douche.

— Je dois te...

— Ça va t'aider un peu à faire partir la sensation, repris-je sans le laisser parler. Une fois que tu auras fini, rhabille-toi et pars tout de suite.

— Nathan, tenta-t-il encore.

— Fais-le, intimai-je en fermant la porte.

Je ne voulais rien entendre, ma haine me rendait sourd à tout sauf à mon envie de vengeance. Je descendis à ma réserve dans laquelle je pénétrai avant d'en refermer l'entrée. Je devais exorciser Sytry. Je devais le faire ce soir sans faute. On n'avait pas trouvé Cerbère et c'était tant mieux. En voyant revenir son émissaire sans le gardien de l'Enfer, Satan se chargerait lui-même de faire regretter à Sytry jusqu'à son existence.

Mais comment faire pour Michaël ? Renvoyer Sytry n'effacerait pas toutes ses souffrances. Je devais bien avoir quelque chose en réserve pour l'aider.

Je me mis à fouiller frénétiquement chacune de mes étagères à la recherche d'une idée lumineuse mais je ne trouvai que des objets sans intérêt ! La rage monta jusqu'à exploser. D'un mouvement de bras furieux je balayai tout le contenu d'une étagère en hurlant. Le visage ruisselant de larmes, vidé et honteux, je me laissai glisser le long du mur pour m'asseoir par terre. Je me pris la tête entre les mains lorsque mon regard tomba sur le coffret contenant les flacons de digitaline appartenant à Virginie, la sorcière-fleuriste. Une idée me vint alors.

Avec ça, je le mettrai définitivement à l'abri.

**

Donna – Étudiante en vadrouille

Une envie subite de sociabilité m'avait poussée à inviter Amélie et Sadia à une petite promenade en plein cœur de Toulouse après les cours. En les attendant, j'étais passée chez Nathan pour prendre de ses nouvelles et de celles d'Aprilia. Cette dernière m'informa que mon exorciste n'était pas là. Déçue, je m'apprêtai à repartir lorsque la chienne de l'Enfer me demanda la permission de se joindre à ma balade. La solitude lui pesait, elle avait besoin d'air. Je n'eus pas le cœur de le lui refuser, alors je l'embarquai et la traînai dans les rues de la ville où nous marchâmes au rythme de son pas boiteux.

Je profitai d'être seule avec elle pour lui poser des questions sur la vie qu'elle menait en bas avant son arrivée, sur la raison pour laquelle elle pouvait prendre forme humaine et celle qui l'avait poussée à se battre avec des haches. Elle m'expliqua alors que c'était l'arme favorite de son espèce. Cette information amena une autre question, d'ordre plus technique :

— Et tes haches, tu les ranges où quand tu es comme ça ?

— Sur mes reins, répondit-elle en s'arrêtant.

Je me penchai alors et vis deux haches discrètement tatouées sous son pelage ras.

— Quand je prends forme humaine, je n'ai plus qu'à les matérialiser comme je le fais avec mes vêtements.

Un pagne et un bandeau, des vêtements ? C'était mieux que rien, mais ça faisait quand même tache dans le paysage vestimentaire de 2016. Surtout au mois de mars.

Le molosse et moi reprîmes notre route. Nous rejoignîmes mes deux amies vers la basilique Saint-Sernin. Les voir côte à côte me fascinait toujours tant elles étaient le contraire l'une de l'autre. Sadia, grande Black avec des cheveux noirs super longs à ma gauche et Amélie, grande Blanche avec des cheveux blond platine super courts de l'autre, la première en bottes cavalières, l'autre en rangers. Et moi j'étais la petite pâlotte en baskets, brune, pas spécialement jolie qui n'avait que sa bonne humeur et sa super chance pour la sauver de la banalité.

Rah, chienne de vie.

Mes amies me saluèrent d'un signe de main. Une fois à leur hauteur, je les pris dans mes bras pour un gros câlin général. Habituées à mes élans spontanés d'affection, elles se laissèrent faire et cela fit chaud à mon petit cœur.

Je les libérai enfin et leur présentai Aprilia.

— Ça fait bizarre les yeux rouges, commenta Amélie en la caressant.

Ah... J'avais pas pensé qu'elles remarqueraient ça. En même temps, c'était flagrant, je m'en serais doutée si j'avais réfléchi deux secondes.

— Les yeux rouges sont dus à une absence de pigmentation, expliqua Sadia. C'est généralement causé par une maladie.

— C'est peut-être génétique, avançai-je lorsqu'un groupe de jeunes dans le dos de mes camarades attira mon attention.

Je les connaissais, eux, non ?

CHAPITRE 24

Donna – Étudiante dénicheuse

Je contournai Amélie et Sadia qui me regardèrent faire d'un air sceptique, et avançai en direction des jeunes. Je les connaissais, c'était sûr. Mais d'où ? Des gamins en rollers. Des gamins... en rollers.

— Ah ! m'exclamai-je en pointant un index dans leur direction, attirant ainsi leur attention. C'était vous !

— On se connaît, non ? me demanda celui qui devait être le chef de la bande, un jeune de dix-sept ou dix-huit ans tout au plus.

Aujourd'hui il n'avait pas de rollers, lui, mais un skate. La grande taille et les épaules carrées de ce jeune homme le rendaient plutôt sexy pour son âge.

— J'étais ici le dernier soir de février, rappelai-je.

Il plissa les yeux en fouillant ses souvenirs avant de hocher la tête.

— Ouais, je vois. T'étais avec le... prêtre, ajouta-t-il quand mes amies me rejoignirent.

Parler d'exorciste devant tout le monde n'était pas prudent, en effet. Les sorciers devaient avoir l'habitude de surveiller leurs propos en public.

— Je suis Alec, se présenta mon interlocuteur. Et voici Ryan, Josh et Nath.

— Enchantée ! Je suis Donna, et voici Amélie et Sadia.

Mes amies les saluèrent.

— Et elle ? demanda Alec en désignant la chienne.

— Aprilia, répondis-je. Elle vit avec Nathan.

Alec fronça les sourcils. Même pour lui, l'annonce devait paraître étrange.

— Je peux te parler en privé ? requerra-t-il.

— Trois filles c'est trop pour toi ? le taquina Amélie.

Visiblement, Alec ne prit pas la remarque sur le ton de la plaisanterie. Ou alors il avait un humour bizarre.

— Tu m'excuses mais j'en vois que deux, répliqua-t-il. Les garçons manqués, c'est pas mon truc.

Surtout, ne jamais dire à Amélie, grande défenseuse des coupes courtes pour les femmes et du style vestimentaire non genré, qu'elle était un garçon manqué. C'était une erreur qui la foutait en rogne à coup sûr. Ça ne rata pas cette fois-ci non plus.

Amélie avança vers Alec, lui arracha son skate des mains avant de le mettre sur ses quatre roulettes et de grimper dessus. Elle enchaîna plusieurs figures, fruit de quinze ans de pratique, qui laissèrent les garçons pantois. Un dernier flip et elle revint vers le propriétaire du skate à qui elle le colla dans les mains.

— Je suis pas un garçon manqué, gueule d'ange. Je suis une femme réussie, lâcha-t-elle en lui faisant un clin d'œil. Viens Sadia, on va attendre plus loin.

Ma belle Black, qui souriait de toutes ses dents immaculées, suivit Amélie tandis qu'Alec se faisait charrier comme il fallait par ses amis. Ils redevinrent vite sérieux quand Aprilia attira de nouveau leur attention en s'allongeant sur le sol. La pauvre était fatiguée.

— Comment ça se fait qu'un chien de l'Enfer soit ici ? questionna Nath, le métis de la bande.

— Cerbère a disparu de l'Enfer un peu avant février, elle en a profité pour s'échapper d'en-bas et a été recueillie par Nathan.

— Le Saint Exorciste ? demanda Josh, petit châtain sec comme une brindille.

— Oui.

— T'es son amie ?

— Je l'espère, oui, répondis-je. Pourquoi ?

— Bah c'est que le bruit court que les gens autour de lui ont tendance à mourir vachement vite, m'expliqua Alec. Tu ferais peut-être mieux de garder tes distances.

Là, c'était moi qu'il venait de foutre en rogne, ce petit con.

— Alors ça te dérange pas qu'il risque sa vie pour protéger ton cul de sorcier mais faut surtout pas l'aider parce que c'est dangereux ? Si t'es capable d'être aussi égoïste, tant mieux pour toi mais moi je peux pas. J'ai peut-être pas de pouvoirs mais je le laisserai pas tomber.

— Arrête Alec, elle a le seum la dame, se moqua Ryan.

Aprilia se redressa en montrant les crocs. Les quatre garçons reculèrent comme un seul homme sous l'impulsion de la peur.

— Woh, woh ! Désolé, s'excusa Alec. On n'aurait pas dû se moquer.

— Si le Saint Exorciste n'était pas là vous pendriez à des cordes comme vos maudits ancêtres, grogna Aprilia.

De colère, elle aboya de tout son souffle. Les ondes se répercutèrent sur les maisons entourant la place de la basilique avant de résonner comme des basses qui perturbèrent jusqu'aux battements de mon cœur.

La terre trembla alors. Cela ne dura qu'une fraction de seconde mais ce fut suffisant pour alerter les sorciers.

— Aboie encore, ordonna Alec à Aprilia.

— Pourquoi ?

— Fais-le !

Aprilia me regarda, je lui fis signe d'obéir. Son nouvel aboiement provoqua une nouvelle secousse. La chienne leva soudain les oreilles au ciel.

— Vous entendez ? demanda-t-elle.

— Quoi ? questionnai-je, perdue.

Elle se coucha sur le sol, imitée par les sorciers qui collèrent une oreille sur les pavés de la place. Gênée, je me tournai vers Amélie et Sadia en haussant les épaules.

— Ce sont des voix, reconnut Alec.

— Pas *des* voix, le corrigea Aprilia. C'est celle de Cerbère !

— Il est sous la basilique ?! me récriai-je. Mais ils ont fait comment pour le faire rentrer par la porte s'il fait seize mètres de haut ?!

— Donna, tu nous expliques ? intervint Sadia qui venait de nous rejoindre avec Amélie. De quoi vous parlez ?

— Euh... De... De souterrains, répondis-je en songeant que Cerbère devait bien être retenu dans un endroit semblable. Amélie, toi qui connais bien la ville, tu sais s'il y en a sous la basilique ?

Mon amie papillonna des paupières, plusieurs fois. Elle ne devait pas comprendre pourquoi je lui demandais ça.

— Y'a une légende qui parle d'un lac sous ses fondations. Il paraît qu'un passage dans la crypte y mène mais ce n'est qu'une histoire. Le lac n'a jamais été trouvé.

— OK. Bougez-pas, intimai-je à mes deux amies, je dois aller voir un truc.

Elles me dévisagèrent sans pour autant me suivre lorsque je pris la direction de la basilique en compagnie d'Aprilia, Alec sur nos talons.

— Si Cerbère est dans de l'eau ça expliquerait pourquoi je n'ai pas senti son odeur alors que j'étais à côté, nous dit la chienne. Et si l'eau est bénite, Cerbère ne doit pas avoir la force de s'en extirper seul.

— Ça veut dire que si Cerbère est à Saint-Sernin, l'archevêque de Toulouse est forcément au courant.

On fait quoi ? demandai-je à Alec en m'arrêtant devant l'une des portes du bâtiment. On va voir ?

— Non, on appelle le Saint Exorciste, me dit-il. Tu iras avec lui si tu veux mais personne ne rentre là-dedans sans lui. C'est du suicide.

— Nathan n'est pas chez lui, informai-je en prenant mon portable pour l'appeler. Je ne sais pas où il est.

Je tombai directement sur le répondeur. Je laissai un message aussi précis que possible avant de dire aux autres que je n'avais pas réussi à le joindre.

— On peut commencer à repérer les lieux sans forcément trouver Cerbère, réfléchis-je.

— Ça me va, approuva Alec après une courte réflexion.

— Je dois vous attendre là, se désola Aprilia. Je ne peux pas rentrer dans un lieu saint à cause de ma nature démoniaque.

— On fait vite, assurai-je.

Un regard entendu lancé à Alec et nous pénétrâmes d'un même pas dans la basilique en songeant que Cerbère devait souffrir le martyr, enfermé depuis presque deux mois sous une église.

CHAPITRE 25

Nathan – Saint exorciste
Chevalier de l'ordre de Saint-Jean de Jérusalem

Je grimpai quatre à quatre les marches des escaliers menant à l'appartement de Michaël. La fiole et le pacte avec Sytry dans ma poche étaient les deux seules choses dont j'avais besoin pour ramener la paix dans la vie de Michaël. Il avait assez souffert à cause de moi.

Ma colère était toujours vive lorsque je frappai à sa porte. Dès qu'il ouvrit, ma culpabilité rappliqua au triple galop et je me sentis misérable. Je me consolai en me disant que ce soir était la dernière fois que nous nous verrions.

— J'aurais besoin de te parler, si tu veux bien.

— Entre, m'invita-t-il après une hésitation.

Il se décala pour que je puisse passer. Son salon ferait l'affaire. Michaël referma avant de venir devant moi. Je devais le faire maintenant.

— Nathan, je...

Michaël se tut lorsqu'il ne sentit plus le sol sous ses pieds. Je le fis léviter tandis que je repoussai tous ses meubles d'une pensée. Un pentagramme d'exorcisme en feu se dessina alors sur le sol. Je plaçai Michaël à l'horizontale au-dessus avant de me mettre à cheval sur lui.

— Espèce de bâtard ! hurla Sytry avec la voix de Michaël. Vous ne pouvez pas m'exorciser, sans moi vous ne trouverez jamais Cerbère !

Je désintégrai le tee-shirt de Michaël, mettant son torse à nu, ramenant ainsi à la surface le souvenir de ce matin. Ma colère redevint haine, sculptant chaque trait de mon visage devant lequel Sytry paniqua.

— Je n'ai rien fait ! se défendit-il.

— Tu as agi contre son gré, le pacte est à présent nul, grognai-je.

— Je n'ai rien fait contre lui, il le voulait, abruti ! Il vous désirait depuis le premier jour où j'ai pris possession de lui ! C'est pour rester près de vous qu'il a accepté de m'héberger de peur que vous le rejetiez sinon !

— Ferme-la. Au nom du Père, du Fils, et du Saint Esprit...

La chaleur devint infernale dès l'instant où l'une des portes secondaires de l'Enfer s'ouvrit au cœur du pentagramme. Les Ombres noircirent le sol, tournant autour de moi en espérant voir mes pouvoirs s'affaiblirent autant que lors de la Marque des Cinq. De longs bras décharnés sortirent alors du passage et saisirent Sytry qui s'accrochait de toutes ses forces au corps de Michaël.

— Je ne partirai pas seul, chien d'Exorciste ! Son âme est à moi !

J'attrapai le pacte dans ma poche et le déroulai sous ses yeux déments injectés de sang.

— L'esprit de la Nature a posé une clause figée dans les fibres du parchemin : l'âme de Michaël est sous sa protection. T'es niqué, connard.

Son hurlement me perça les tympans. Passant outre, je plaquai le pacte sur son torse.

— Retire-toi par la foi, Sytry !

La force de mon pouvoir le projeta dans les bras décharnés desquels il ne put se défaire.

— Passe le bonjour à Satan de ma part, lâchai-je, mauvais.

Puis la porte se referma et mon pentagramme disparut, chassant les Ombres par la même occasion. Je me reculai avant de remettre Michaël à la verticale. Je le soutins pour l'empêcher de tomber tandis qu'il reprenait ses esprits.

— Cerbère, murmura-t-il. On pourra pas...

— C'est pas grave, le coupai-je en prenant la fiole.

Je fis sauter le bouchon avec mon pouce avant de la donner à Michaël.

— Bois, ça permettra de terminer le rituel.

Il l'attrapa et but cul-sec. Le goût âpre de la potion le fit grimacer puis je le sentis céder d'un coup sous son poids. Nous nous retrouvâmes assis par terre, moi adossé au mur, lui dans mes bras.

— Je me sens mal, se plaignit-il à moitié conscient. Qu'est-ce que tu m'as fait ?

— Je t’ai fait boire une potion d’oubli. Tu vas t’endormir et à ton réveil tu auras tout oublié des événements liés au surnaturel survenus dans ta vie. Tu oublieras tout, même moi.

La tête de Michaël bascula sur mon épaule, il n’avait plus de force dans le cou. Je n’étais même pas sûr qu’il m’ait compris.

— Pourquoi t’as fait ça ? chuchota-t-il.

Je le serrai contre moi dans l’espoir vain de contrôler mes larmes car elles me coupaient le souffle. Pourquoi ?

— Parce que je t’aime, répondis-je d’une voix déchirée. J’ai fait ça parce que je t’aime, Michaël.

Ma confession fut amplifiée par le silence qui suivit.

Michaël expira doucement tout en fermant les paupières.

C’était fini.

Tout était fini.

Je reniflai avant d’essuyer mes larmes d’un revers de manche bien que cela soit inutile. D’autres coulaient. Je gardai Michaël contre moi le temps que mes joues sèchent pour de bon, puis je remis l’appartement en ordre d’une seule pensée. J’allongeai Michaël sur son canapé de la même façon puis m’assurai que tout était à sa place avant de m’en aller.

Je me sentais dévasté. Tellement de sentiments négatifs tournaient dans ma tête que j’avais l’impression d’avoir un pied en Enfer. Belzébuth, lui, exultait, le bracelet à mon poignet vibrait d'euphorie. Une crampe à l'estomac me fit soudain tomber à genoux. Avec tout ça, j'avais oublié le choc en retour. Mon ventre se contracta plusieurs fois avant que je vomisse le sang souillé de magie dont mon bracelet se nourrit sans attendre.

À quatre pattes sur le sol, je n'avais plus ni force ni courage. Il me fallait de l'air. Je me redressai péniblement avant de reprendre mon chemin. Quand je rallumai mon cellulaire une fois dans la rue, il sonna pour m'annoncer un appel manqué et un message vocal de Donna. Un soulagement amer m'envahit quand j'entendis qu'elle avait trouvé Cerbère sous la basilique. Je m'y rendis sans plus attendre même si ça annonçait tout un tas de complications liées à l'Ordre.

**

Donna – Étudiante en exploration

Il n'y avait pas foule dans la basilique quand nous y pénétrâmes, Alec et moi. Le sorcier fit diversion en balayant d'un sort tous les prospectus posés sur un présentoir à l'entrée du déambulatoire, de telle sorte que la femme au guichet quitte son poste pour les ramasser, aidée des quelques personnes présentes. Nous en profitâmes pour accéder à la partie payante du bâtiment que nous suivîmes jusqu'à la première grille menant à la crypte. Nous descendîmes alors sans croiser personne. Ma chance faisait-elle encore des siennes ? Peut-être bien !

191

Une fois au bas des marches de la crypte inférieure, nous nous concertâmes en silence jusqu'à ce que je demande où nous devions chercher. Bonne question à laquelle Alec n'avait pas de réponse. Nous retroussâmes donc nos manches et nous mîmes à explorer chaque mur et dalle de l'endroit.

— J'ai l'impression de me prendre pour Lara Croft, avouai-je.

— Moi je préférerais avoir les plans de la basilique, commenta Alec. Tu connaîtrais pas un architecte ?

— Il en faudrait un habitué aux vieux édifices, genre un architecte écossais.

— Pourquoi écossais ? releva Alec. On a des églises dans chaque village, c'est un archi' des bâtiments de France qu'il nous faudrait, ouais.

— L'Écosse c'est mieux, ils ont des châteaux hantés, argumentai-je. Puis ce sont nos potes depuis qu'on a signé la Vieille Alliance en 1295.

— Je crois que j'ai quelque chose ! se réjouit soudain Alec.

Je le rejoignis aussitôt. Il avait sauté par-dessus la petite barrière fermant la chapelle du reliquaire de la Sainte Épine et s'était accroupi près d'une dalle en particulier.

— Il y a des émanations de magie ici, expliqua le sorcier. C'est faible. Ceux qui ont capturé Cerbère ne sont pas passés par là, il doit y avoir un autre accès au lac.

— On doit le trouver ou tu peux bouger la dalle ?

Alec me fixa en esquissant un sourire ambigu. Grâce à une incantation, il descella la pierre sans trop de bruit. J'allumai le mode lampe torche de mon portable avant de m'engouffrer dans le passage, Alec dans mes pas.

L'étroit corridor nous mena à un escalier qui descendait jusqu'à un autre passage. Nous arrivâmes vite sous une galerie qui faisait le tour d'un lac à l'eau noire. Le faisceau de mon cellulaire éclaira trois grosses bosses qui perçaient la surface des flots : les têtes de Cerbère.

— Oh putain ! lâchai-je dans un murmure.

Alec me fit aussitôt baisser mon portable : le gardien de l'Enfer nous fixait de ses trois paires d'yeux. La voix de chacune des têtes monta dans un chuchotement que la pierre humide de la caverne sembla absorber.

— On devrait pas rester là, prévint Alec.

Des grognements échappèrent à la bête qui tenta de bouger. Un vent de panique s'empara de nous et nous fit détaler. Ce fut au moment de rejoindre l'escalier que j'entendis le cliquetis de lourdes chaînes.

Nous retrouvâmes rapidement la crypte que nous quittâmes après avoir remis la dalle sans la sceller, puis nous nous précipitâmes dehors pour rejoindre Aprilia. Nous arrivâmes essoufflés, le cœur battant la chamade, mais inexplicablement excités par ce que nous avions vu.

— Vous l'avez trouvé ? nous demanda le molosse.

— Ouais, confirma Alec.

— Il va bien ? s'inquiéta Aprilia.

Je la fixai, l'air désolé :

— Il est enchaîné et il semble assez mal en point.

— L'endroit doit l'avoir vidé de ses forces, songea-t-elle en tournant la tête sur sa gauche. J'espère que Nathan pourra le libérer.

Je regardai dans la même direction qu'elle : mon exorciste arrivait ! Je perdis pourtant vite ma bonne humeur. Quelque chose n'allait pas.

Chapitre 26

Nathan – Saint exorciste
Chevalier de l'ordre de Saint-Jean de Jérusalem

Je repérai facilement Aprilia, Donna et Alec. À une vingtaine de mètres d'eux, les amies de Donna et les collègues d'Alec attendaient en discutant. Les autres sorciers devaient occuper les filles pour que Donna et Alec puissent être tranquilles. Je me dirigeai vers ces deux-là d'un pas las. J'espérais ne pas avoir l'air trop pathétique et que la brise fraîche m'avait redonné un peu de couleurs, sans quoi je craignais les regards interrogateurs.

Perdu dans mes pensées, je ne vis Donna avancer vers moi qu'au dernier moment.

— Cerbère est là ? demandai-je sans lui laisser le temps de dire quoi que ce soit.

— Oui. Mais avant dis-moi ce qu'il y a ?

Je maudissais mon visage d'être aussi expressif.

— Rien, mentis-je. J'y vais, reste...

Elle m'attrapa par la manche de mon manteau de motard et m'attira à l'abri d'un arbre, me coupant le sifflet au passage. Avant que je n'aie pu protester, elle était pendue à mon cou. Son affection me toucha tellement qu'une boule douloureuse se forma dans ma gorge. Je l'étreignis à mon tour, un peu trop fort je crois, pourtant elle ne dit rien. Je passai une main dans ses cheveux et enfouis mon visage au creux de son cou, réchauffant mon cœur meurtri à la flamme de sa bonté.

— J'ai exorcisé Sytry et effacé la mémoire de Michaël, avouai-je d'une voix chevrotante. Demain il aura tout oublié du surnaturel, des exorcismes, du flux et des démons. Il m'aura oublié aussi.

— Nathan...

— Il ne doit jamais se souvenir, Donna, la suppliai-je. Dylan et toi ne devrez jamais lui parler de rien. Promets-le.

— Ne me demande pas ça.

— C'est important. Je lui ai fait tellement de mal, je ne veux plus que ça recommence.

— Tu ne contrôles pas tout, Nathan, chuchota Donna pour me réconforter. Tu ne peux pas protéger tout le monde de tout. Tu as beau être le Saint Exorciste, tu es humain.

— Promets-le, répétai-je.

Je ne pouvais pas protéger tout le monde de tout mais je pouvais préserver Michaël de celui que j'étais et de ma vie.

Je sentis Donna souffler de résignation contre moi.

— Je te le promets. Je t'aiderai à le protéger.

— Merci.

Je voulus briser notre étreinte mais Donna ne me laissa pas faire.

— Un câlin doit durer minimum vingt secondes pour être efficace, se justifia-t-elle.

Je souris. Elle était vraiment à part.

— C'est le temps que met notre corps à libérer l'ocytocine, reprit-elle.

— T'es sûre de toi ?

— Pour l'ocytocine je sais pas mais moi j'adore les câlins. Ils sont comme une petite bulle de bonheur éphémère. Un petit cocon tout douillet dans lequel on peut se blottir.

— On a dépassé les vingt secondes, là, non ?

Elle me libéra enfin.

— Rabat-joie, lâcha-t-elle. Chapelle du reliquaire de la Saint Épine, y'a une dalle descellée qui conduit à Cerbère. Je peux venir ?

— Non. Les autres et toi partez. Si ça tourne mal, Cerbère sera capable de détruire le quartier en un clin d'œil.

— Tu n'es pas obligé d'y aller seul, opposa-t-elle.

Je pris son visage en coupe et posai sur Donna un regard attendri.

— Si je veux pouvoir profiter encore longtemps des effets de l'ocytocine alors si, j'y suis obligé. Ce que tu fais pour moi est énorme, ne sous-estime pas la force de ton caractère.

— Nathan...

— J'y vais.

Je l'abandonnai de manière un peu abrupte mais à ce rythme-là, notre conversation s'éterniserait. Je ne devais pas oublier mon devoir. Il passait avant tout.

Je marchai d'un pas décidé vers cette basilique que je connaissais bien, celle qui dominait ma vie depuis le début, et je pénétrai à l'intérieur, la rage au ventre, prêt à en découdre avec tous les tarés planqués derrière ce plan foireux.

Je m'immobilisai au milieu de la nef, les yeux rivés sur l'archevêque de Toulouse debout près du chœur. Son expression passa de la sérénité à la panique lorsque je pris la direction du déambulatoire menant à la crypte : il avait compris où je me rendais. Bien. À tous les coups, ses renforts rappliqueraient bientôt. En revanche, pas sûr que Cerbère apprécie le rassemblement sous son nez et que je remonte dans l'estime de l'Ordre après cette histoire.

Je trouvai sans mal la dalle dont m'avait parlé Donna. Je la soulevai d'une pensée et suivis le corridor jusqu'à l'escalier menant à la galerie entourant le lac. J'activai mon pouvoir infernal afin de m'éclairer, ce qui réveilla Cerbère dont les trois têtes s'agitèrent autant qu'elles purent en raison des épais fers attachés à leur cou, à la base du crâne.

J'approchai à pas prudents. Chaque fer était relié à son voisin, puis au plafond, puis aux parois pour les deux têtes latérales. La bête ne risquait pas de bouger, surtout plongée dans un lac d'eau bénie par la présence divine d'une basilique.

J'examinai les chaînes en réfléchissant au meilleur moyen de procéder en sachant qu'une fois totalement libéré, Cerbère me tuerait sans doute. Mais je n'avais pas le choix.

— Je suis le Saint Exorciste, me présentai-je au gardien de l'Enfer. Je vais te sortir de là.

J'avisai une barque sur laquelle je montai avant de la faire glisser d'une pensée sur l'eau en direction de la tête gauche de Cerbère, sur ma droite. Les mâchoires inférieures du chien frôlaient la surface des flots, ce qui me permit de grimper sur la gueule, puis sur la tête sur laquelle je m'allongeai. Une fois bien en place, je posai mes mains sur le maillon liant le collier à la paroi avant de concentrer mes pouvoirs et de le faire exploser.

Je me raidis, redoutant la réaction de la bête. Cerbère ne bougea pas. Un peu rassuré, je fis exploser le maillon de la chaîne attachée au plafond. J'utilisai le lien entre la tête où je me tenais et celle du milieu pour m'y rendre. Là, je réitérai l'opération avant de passer sur la dernière tête.

Essoufflé, je pris une minute pour récupérer quand des bruits de pas se firent entendre autour de moi. Je vis des torches éclairer le visage de certains chevaliers menés par l'archevêque.

— Arrête ! m'ordonna ce dernier d'un ton péremptoire mal venu.

— Pourquoi ? demandai-je en haussant la voix.

— Nous avons une très bonne raison d'avoir amené Cerbère ici, ta présence va tout faire rater !

— Peut-être que j'ai aussi une excellente raison de lui rendre sa liberté, répliquai-je sans parvenir à contrôler le ton méprisant de ma voix. Vous jouez avec des forces que vous ne comprenez pas.

— Il te tuera dès qu'il sera libre ! tenta encore l'archevêque.

— Et vous aussi, alors tirez-vous !

Sans vraiment faire attention à leur fuite, je brisai le lien du plafond. Il ne me restait que celui scellé dans la paroi. Je posai mes mains dessus, inspirai un bon coup avant d'envoyer la décharge. La chaîne se fracassa contre le mur, puis le silence tomba.

Crispé, j'attendis la réaction de Cerbère qui ne tarda pas. Le chien secoua sa tête pour m'éjecter. Mon corps fut englouti par les eaux sombres où je ne distinguai rien. En manque d'air, je nageai jusqu'à la surface pour reprendre ma respiration quand mon regard croisa les trois paires d'yeux de Cerbère. Les têtes m'entouraient, ne me laissant aucune échappatoire, pourtant la bête ne bougeait pas.

Ses voix s'échappèrent d'entre ses gueules sans que je comprenne un traître mot de ce qu'elles racontaient. Je savais juste que je finirais par m'épuiser à force de nager pour garder la tête hors de l'eau. J'attirai donc la barque jusqu'à moi avant de grimper dedans.

Je plaquai mes cheveux mouillés en arrière pour dégager mon visage.

— Tu n'as pas la force de créer un passage vers l'Enfer, compris-je alors.

— Nous sommes trop faibles, répondit la tête du milieu.

Il y eut un instant de flottement durant lequel j'estimai mes chances de survie à un sort pareil : elles n'étaient pas grandes à en juger par la masse que je devais envoyer de l'autre côté et le fait que j'avais déjà un exorcisme dans les pattes.

— Au moins je sais pourquoi vous ne m'avez pas tué, commentai-je plus pour moi que pour la bête infernale.

Je fis glisser la barque sur l'eau pour retrouver la terre ferme. Je m'agenouillai face à Cerbère, posai mes mains sur le sol et me concentrai afin de faire apparaître un pentagramme assez grand pour contenir la bête. Je parvins à force d'acharnement à matérialiser la porte. Je dus en revanche monopoliser toute la force divine de l'endroit pour l'ouvrir.

Mes membres tremblaient sous l'effort titanesque et je sentais ma vitalité glisser hors de mon corps en même temps que mon pouvoir. Je fermai les yeux, augmentant ma concentration et décuplant mon énergie au point de faire trembler la basilique sur sa base. Je doutais d'être capable de tenir lorsque j'entendis de l'eau couler en torrent. J'ouvris les yeux : le lac se vidait dans le passage que j'avais ouvert tandis que la grotte se remplissait de vapeur. Le niveau d'eau diminua en quelques minutes et Cerbère fut bientôt capable de creuser pour agrandir la porte.

Une chaleur infernale me sauta alors au visage. Du sang commençait à couler de mon nez, de mes yeux, de mes oreilles et de ma bouche. Je ne tiendrai pas longtemps.

Le chien de l'Enfer s'enfonçait doucement, tiré en bas par des centaines de bras décharnés. Je ne vis bientôt de lui que ses trois têtes qui me fixèrent :

— Nous t'avons épargné par respect. Une vie pour une vie, Saint Exorciste.

Je compris à peine ses paroles. Mon esprit se brouillait dangereusement. J'arrivai au bout.

Quand Cerbère disparut au fond du lac à présent vide, je lâchai tout. Le choc en retour me projeta contre la paroi, broyant mes organes à m'en faire hurler de douleur.

Puis je perdis connaissance.

CHAPITRE 27

Nathan – Saint exorciste
Chevalier de l'ordre de Saint-Jean de Jérusalem

Je me réveillai dans une chambre que je n'avais pas vue depuis de longues années. Cela ne m'empêcha pas de reconnaître le lit une place et le grand bureau encombré d'ouvrages divers et de papiers volants. Je souris en voyant sur des étagères les films, livres et BD appartenant à l'univers Star Wars. Père Luc ne changerait jamais.

Le calme ambiant m'incita à rester allongé. Je n'avais pas besoin de bouger pour savoir que mon corps prendrait plaisir à me faire mal.

La porte s'ouvrit soudain, livrant passage à un *padre* au visage grave.

— Il semblerait que je m'endurcisse avec l'âge, plaisantai-je.

Mais il ne sourit pas. Il tira son fauteuil, le tourna vers moi et s'y installa. Il resta muré dans son silence encore un moment avant de prendre enfin la parole.

— Qu'est-ce que tu as fait, Nathan ? me reprocha-t-il.

J'aurais préféré qu'il se taise car sa simple question suffit à faire ressurgir le calvaire que je venais d'endurer. Son expression s'adoucit quand la mienne se durcit. Je me redressai, faisant fi de ma douleur, et m'assis sur le bord du lit. La rage hurlant en moi m'obligea à respirer doucement pour la contenir, sans quoi j'étais persuadé de pouvoir torturer l'homme assis face à moi jusqu'à ce que mort s'en suive.

Le regard du *padre* tomba sur mon bracelet dont les runes luisaient, alimentées par mes noirs désirs.

— Qu'est-ce que j'ai fait ? répétai-je, le fiel dans la voix. J'ai empêché vos conneries de dégénérer, voilà ce que j'ai fait.

— Nous avions le contrôle de la situation.

— Quel contrôle ? grognai-je. Celui qui a coûté la vie à tous les mecs de ce putain de laboratoire pharmaceutique ? Celui qui a foutu un démon dans le corps de Michaël ? Celui qui a failli me tuer ?

Père Luc me dévisagea, horrifié par mes aveux.

— Nous ne savions pas, se défendit-il.

— Bien sûr que non, vous ne côtoyez pas les démons comme je le fais, vous n'y connaissez rien. Vous ne vous êtes pas demandé pourquoi il y avait un garde aux portes de l'Enfer ?

— Nous n'avions pas l'intention de le retenir indéfiniment, nous voulions simplement nous servir de son pouvoir.

— Pour quoi faire ?

Père Luc hésita, puis se leva avant d'attraper une carte qu'il me tendit. Je la dépliai et l'examinai : Israël.

— Nous avons trouvé l'antique temple de Salomon, expliqua-t-il en me le montrant sur le plan. Mais il se trouve que la pièce abritant l'arche d'Alliance est inaccessible. Nous voulions que Cerbère ouvre la porte y menant, lui qui en a le pouvoir.

— Et vous comptiez le convaincre comment ? questionnai-je.

L'homme hésita encore. Puis il ouvrit un tiroir de son bureau duquel il sortit un écrin. À l'intérieur se trouvait un anneau que le *padre* fit tourner entre ses doigts.

— Grâce à ceci, dit-il en me le donnant. Le fruit de recherches menées par plusieurs saints hommes durant deux cents ans, dont quarante ans de la mienne. Mon dernier voyage en Terre Sainte était pour le récupérer. Je suis rentré en France avant le début de la Marque des Cinq pour superviser l'invocation de Cerbère, raison pour laquelle l'archevêque a pris le relais avec toi.

— C'est... le sceau de Salomon.

Je pris le temps d'admirer l'objet légendaire connu pour avoir donné au roi Salomon le pouvoir de commander les éfrits, les djinns, ainsi que celui de parler aux animaux.

— Nous pensions contrôler Cerbère avec, mais nous ne savions pas comment.

— Pas étonnant, y'a aucun moyen de contrôler Cerbère avec ça. Ce n'est ni un éfrit, ni un djinn, ni un animal.

La révélation laissa Père Luc médusé.

— Mais... Alors qu'est-ce qu'il est ?

— Le petit-fils du Styx. Cerbère est un morceau vivant de l'Enfer, il appartient à l'Enfer et ne peut être contrôlé que par l'Enfer. Même Satan n'a aucun pouvoir sur lui, alors le sceau de Salomon, ça risque pas. Vous le sauriez si vous aviez ouvert le dialogue avec les sorciers au lieu de les opprimer...

Père Luc se laissa choir sur son fauteuil.

— Et vous aviez le contrôle de la situation ? lâchai-je, âpre.

Padre ne dit rien, prenant sans doute conscience de l'importance de son ignorance. Je me devais de la combler un peu.

— Y'a qu'un type de Mayer & Bale qui a survécu, annonçai-je. Et aucune des créatures capturées n'en a réchappé. Qu'est-ce que ce labo foutait dans l'histoire ?

— Nous avions besoin de fonds pour les recherches et de moyens techniques pour transporter Cerbère à la basilique *via* un canal souterrain débouchant dans la Garonne. Nous avons passé un marché avec eux : ils nous fournissaient ce dont nous avions besoin, nous leur donnions des créatures à étudier qui ne connaissent pas la maladie. Leurs expériences devaient permettre de soigner les différents cancers.

— Ben ils sont tous morts, sauf un que j'ai sauvé *in extremis.*

— Et Michaël ? Que vient-il faire au milieu de tout ça ?

— Oh, pas grand-chose, sauf que les âmes commençaient à se barrer d'en-bas et à affamer les démons, alors Satan a envoyé l'un de ses Princes pour retrouver Cerbère. Sytry a pris possession de Michaël quand il m'a sauvé la vie après la Marque des Cinq et il lui a fait vivre un cauchemar jusqu'à hier. Sytry devenait trop dangereux, je l'ai exorcisé...

Je contrôlai les tremblements de ma voix de justesse, je ne devais rien laisser paraître devant lui.

— L'absence prolongée de Cerbère aurait obligé les démons à envahir la Terre pour survivre. Mais à part ça, vous aviez le contrôle de la situation.

— Nous ne voulions pas..., commença Père Luc, les larmes dans la voix. Nous voulions trouver l'arche et l'ouvrir pour ramener la paix entre les peuples. Nous sommes impuissants face à la haine des Hommes, ces attentats au nom de Dieu, tous ces morts, toute cette souffrance... Nous voulions les unifier, tous.

— Qui a monté ce plan ? L'Église ?

— Oui, avec l'aide d'imams et de rabbins. Il a fallu pour retrouver le temple et le sceau recouper les informations disséminées dans tous les textes sacrés. Et l'invocation de Cerbère a nécessité beaucoup de force divine. Nous voulions juste la paix, Nathan. Juste la paix.

— Cette paix que même notre Sauveur a échoué à instaurer ? C'était prétentieux, non ? Puis une fois qu'elle aurait été là, tout le monde se serait fait bouffer par des démons dans la joie et la bonne humeur. Hourra !

Mon ton était dédaigneux et sarcastique mais je n'arrivais pas à digérer tout ce qui m'était arrivé à cause du rêve utopique de grands enfants.

Je me levai tant bien que mal et me rhabillai en grimaçant de douleur.

— Où vas-tu ? me demanda Père Luc.

— Chez moi, me reposer. Oubliez-moi pendant quelques semaines, l'Ordre et toi, sinon je risque de devenir sacrément méchant et Belzébuth pourrait aimer ça.

J'avisai la sortie lorsque *padre* m'interpella.

— Tu as oublié quelque chose, je crois, me dit-il.

Je serrai l'anneau de Salomon dans ma main.

— C'est à toi d'oublier le sceau. En revanche, souviens-toi que nous devons protéger tous nos congénères, pas décider pour eux. Notre devenir appartient à Dieu.

Je me détournai de lui en titubant. J'utilisai le chambranle de la porte pour reprendre mes esprits.

— Tu ne peux pas rentrer à pied dans ton état, argua Père Luc.

— C'est à cause de toi si je suis comme ça, lui rappelai-je avant de claquer la porte.

Je suivis le couloir jusqu'à la sortie d'un pas peu assuré. J'avais mal partout, chacun de mes muscles me brûlait et j'étais épuisé. Je voulais juste retrouver mon lit et dormir pendant une semaine sans voir personne. Je voulais être seul.

Dans la rue, je pris le temps d'inspirer une grande bouffée d'air frais qui incendia mes poumons malmenés. Malgré tout, c'était vivifiant. Mais l'idée de devoir traverser tout le centre de Toulouse dans cet état m'abattit.

— Nathan.

Je me retournai : Aprilia sous sa forme humaine se tenait sur le trottoir, et elle était habillée normalement. La vision me fit sourire. La chienne, elle, fit la moue.

— Qu'est-ce que tu fais là ? demandai-je.

— Quand les chevaliers t'ont sorti de la basilique, je t'ai suivi jusqu'ici. J'ai décidé d'attendre que tu te réveilles, alors Donna m'a trouvé des vêtements et m'a appris à me servir de ce truc, dit-elle en me montrant un smartphone.

— Pour quoi faire ?

— Pour que je puisse appeler Dylan dès que tu te réveillerais. Je l'ai fait quand je t'ai entendu parler au prêtre, il sera là bientôt pour nous ramener.

Aprilia s'approcha très près de moi :

— Je suis contente que tu sois vivant, je vais pouvoir rester. Mais je ne veux plus porter ces vêtements, ils me gênent. Et je n'aime pas marcher sur deux pattes.

— Tu reprendras ta vraie forme à l'appart...

Mes jambes flanchèrent d'un coup. Je me serais étalé sur le trottoir si Aprilia ne m'avait pas rattrapé de justesse. Elle passa mon bras autour de son cou pour me soutenir. Avec sa grande taille et sa musculature, elle n'avait aucun mal à le faire.

Un monospace se gara alors en double file à notre hauteur. Donna en descendit pour venir m'aider à son tour. Avec leur concours, je parvins à monter en voiture, puis je laissai Dylan me ramener chez moi.

J'adorai ces jeunes et, pour la première fois depuis notre première rencontre, je pris conscience qu'ils étaient peut-être les seuls en qui je pouvais avoir toute confiance. Et ça me combla de joie autant que ça me fit peur.

CHAPITRE 28

Nathan – Saint exorciste
Chevalier de l'ordre de Saint-Jean de Jérusalem

Les jours qui suivirent furent horribles. Si mon corps guérissait doucement grâce à une tripotée de potions magiques, mon esprit en revanche avait du mal à se remettre. Tout tournait tellement dans ma tête, j'avais l'impression de ne jamais me reposer même lorsque je dormais.

J'avais rangé le sceau de Salomon dans ma réserve dès mon retour et j'avais prévenu Dylan et Donna que les explications attendraient mon rétablissement. Ils n'avaient pas protesté, au contraire, et passaient même me voir tous les soirs pour s'enquérir de mon état et s'assurer que je ne manquais de rien. J'appréciai leur sollicitude, pourtant je redoutais toujours leur visite car ils me faisaient sans cesse penser à Michaël. Je savais que Donna devait avoir eu de ses nouvelles mais je n'osais pas lui en demander. Je devais le sortir de ma tête.

Mais je n'y parvenais pas.

Je n'arrivais pas à oublier le mal que je lui avais fait et tout ce qu'il avait enduré à cause de moi. Je savais aussi que ce genre d'horreurs finirait par frapper Dylan et Donna si je ne faisais rien. À cause de Sytry, tout l'Enfer devait connaître leur existence, ils ne seraient jamais plus en sécurité tant qu'ils resteraient près de moi. Je ne savais pas quoi faire. La dernière fois que j'avais demandé à Donna de rester loin de moi, le Destin l'avait replacée sur ma route. J'avais réussi à mettre Michaël à l'abri, je devais trouver un moyen de le faire avec elle, et avec son petit-ami.

Je ne voyais qu'une solution pour ça.

J'allais avoir besoin du concours de l'Ordre.

**

Donna – *Étudiante impatiente*

J'avais acheté des gâteaux individuels à la boulangerie pour les emmener chez Nathan. Dylan m'avait rejointe chez moi, puis nous étions allés à pied jusqu'à chez mon exorciste. J'étais heureuse de le voir aller mieux chaque jour. Il s'était déjà écoulé plus d'une semaine depuis que Cerbère avait été renvoyé chez lui mais Nathan n'avait toujours pas pris le temps de nous expliquer ce qui se cachait derrière tout ça. Je comptais l'amadouer ce soir avec des gourmandises pour lui tirer les vers du nez ! Mon plan machiavélique avait d'ailleurs été approuvé par mon petit-ami qui avait au moins autant envie que moi de connaître le fin mot de l'histoire.

Je trépignai dans la cabine de l'ascenseur qui nous mena au dernier étage de l'immeuble. Dylan avait beau tenter de me tempérer, mon excitation était à son comble ! Sur le palier, je trottinai jusqu'à la porte sur laquelle je frappai trois coups. Dylan me rejoignit tandis que j'attendais.

— Il est pas là ? s'étonna mon compagnon.

— Il est peut-être dans sa chambre, avançai-je en toquant de nouveau.

Rien. Dylan tenta de baisser la poignée qui ne résista pas. Nous échangeâmes un regard surpris avant de rentrer dans l'appartement.

Nous nous figeâmes.

Il n'y avait rien. Il n'y avait absolument plus *rien*. Plus de table, de chaises, de canapé, de meuble télé, de déco, de meuble d'entrée... Plus rien.

Mon menton se mit à trembler quand je compris que Nathan était parti sans rien dire, sans même laisser d'adresse. J'attrapai mon téléphone dans ma poche et tentai de l'appeler. Les sonneries défilaient jusqu'à ce que le répondeur prenne le relais. Je raccrochai avant de recommencer.

Plus je m'entêtais, plus les larmes montaient. Après quatre essais, je tombai directement sur le répondeur : il avait éteint son téléphone.

— Donna, m'appela Dylan en me montrant une enveloppe sur le bar. C'est pour toi.

Je la fixai, apeurée de connaître son contenu. Je ne voulais pas la lire parce que j'étais certaine que ça marquerait la fin de tout.

— Tu veux que je l'ouvre ? proposa Dylan.

Je ravalai mes larmes.

— Non. Je... Je vais le faire.

Je posai la boîte de gâteaux sur le bar, ouvris l'enveloppe et dépliai la lettre. C'était la première fois que je voyais l'écriture de Nathan. Elle était tellement appliquée qu'elle en était magnifique.

Mon menton trembla derechef. J'étais terrifiée, pourtant je lus ces mots empreints d'une telle douceur qu'ils me déchirèrent le cœur :

« Donna, pardonne-moi.

Je sais à quel point cette lettre te fera du mal mais elle est nécessaire. Pour toi, pour Dylan, pour vos familles et pour moi.

Si j'ai pris la décision de disparaître de vos vies ce n'est pas par plaisir mais par obligation car sois sûre que Sytry aura tout dit de vous en Enfer. Satan lui-même doit connaître votre existence et s'il n'a aucun intérêt à me faire souffrir, ce n'est pas le cas des partisans de Belzébuth qui s'empresseront de faire pression sur mes points faibles jusqu'à me faire céder.

Je ne veux pas prendre ce risque.

Il se trouve que j'ai perdu confiance en mon Ordre, même en Père Luc, car l'invocation de Cerbère était de leur fait à tous. Si je suis parti, c'est aussi pour prendre mes distances avec tout une partie de ma vie même si, malgré tout, je reste lié à l'Ordre et suis sous sa responsabilité. Il a beau avoir eu de nobles intentions, les conséquences ont été trop importantes pour que je puisse oublier ses agissements.

Dans ce pan de ma vie que je quitte, il y a pourtant une chose que je regretterai : Donna, j'ai découvert en toi une âme généreuse et bonne que je m'enorgueillis d'avoir pour amie. Tu as été un ouragan dans ma vie qui ne m'a pas apporté la tempête mais un soleil radieux auquel je me suis ressourcé comme jamais auparavant. Pour tout ce que tu es, pour tous tes sourires et toute ta détermination, je te remercie.

Ne change pas, jamais. Continue de protéger les gens que tu aimes, à l'image de Dylan et de Michaël sur lequel je te demande de veiller pour moi. N'oublie pas ta promesse ; il ne doit jamais se souvenir. Et Dylan et toi ne devez pas me chercher. Comprends bien que ce qui est arrivé à Michaël aurait fini par t'arriver aussi. Ta chance est grande mais j'ai peur qu'elle ne soit pas suffisante pour t'éloigner du danger. Tu as un rêve à réaliser, alors fais-le et garde-moi au creux de tes souvenirs comme l'ami d'une autre vie, comme le fantôme d'un hiver passé.

Donna, permets-moi de vivre paisible en te sachant heureuse et épanouie où que tu sois, où que tu ailles. Reste ce soleil accroché dans mon ciel, celui que je contemplerai peu importe où je suis, celui qui me rappellera toujours cette amie extraordinaire au cœur d'or capable de sublimer le mot « humanité ».

Pardonne-moi, Donna, pour le mal que je te fais encore aujourd'hui. Promis, c'est la dernière fois.

Tu seras dans toutes mes prières, mais je suis serein à présent. Même si tu n'y crois pas, je sais que Dieu est penché sur toi.

215

Adieu,
Nathan. »

Je froissai la lettre entre mes mains lorsqu'un gémissement de peine me coupa le souffle. Dylan me serra contre lui dans l'espoir de sécher mes pleurs mais les larmes coulaient tellement que je ne voyais plus rien. Des sanglots violents me secouèrent, me privant d'oxygène à m'en brûler les poumons.

Dans cet appartement vide, je fus certaine que Dieu penché sur moi détourna les yeux de ma détresse.

LE REPOS DES MORTS

Extrait

CHAPITRE 1

Donna – Toujours étudiante

Je posai mes mains sur la tasse de chocolat chaud que le serveur m'avait apportée. J'humai avec délectation l'odeur savoureuse qui s'en échappait tout en me régalant d'avance. Dylan, assis à côté de moi, me regardait faire tout en esquissant un sourire mi-amusé mi-moqueur, tandis qu'Amélie et Sadia, trop habituées à mes mimiques, ne me calculèrent même pas. Leur attention trouva plus opportun de se concentrer sur leur café respectif.

— Euh... Donna, m'interpella mon petit-ami. Tu comptes le boire ton chocolat ou le snifer ?

— Chut ! Je le savoure grâce à tous mes sens, répliquai-je.

Il n'y avait rien de meilleur dans la vie que boire un chocolat chaud sur la terrasse d'un café en plein cœur de Toulouse, un vendredi soir de fin octobre. Le début de l'automne était généralement doux dans le Midi, nous offrant un été indien typiquement méditerranéen. Malgré tout, la température était assez basse pour nous inciter à porter des vestes

219

et à troquer petit à petit les boissons fraîches contre les chaudes.

J'adorais cette période de l'année où le vent balayait les feuilles mortes. On les entendait rouler sur le pavé des rues dans un frottement particulier qui nous rendait nostalgique de la saison estivale. À l'approche d'Halloween, l'air se chargeait d'une touche de mystérieux et d'une ambiance crépusculaire parfaite pour tourner un court-métrage de terreur avec une pointe de fantastique.

Notre groupe de travail était en ce moment sur ce projet excitant. La partie la plus intéressante serait le tournage de nuit en plein cœur du cimetière de Terre Cabade - communément appelé « cimetière de la Gloire » du nom d'une rue parallèle -, l'un des plus vieux de Toulouse. De quoi nous ficher des frissons d'angoisse !

Perdue et heureuse dans mes pensées, j'écoutais d'une oreille distraite Dylan demander à Amélie et Sadia si elles avaient prévu de fêter Halloween la semaine prochaine. Elles répondirent être incertaines, puis il y eu un blanc jusqu'à ce que mon copain, le regard fixé sur son cappuccino, ne lâche une phrase - ou plutôt *la* phrase - qu'il ne fallait pas.

— Je me demande si l'approche de la fête des morts donne plus de boulot à Nathan ou pas ? chuchota-t-il pour qu'Amélie et Sadia qui parlaient entre elles n'entendent pas.

La brise qui souffla à cet instant emporta mon allégresse avec elle. Je me tassai sur ma chaise et me renfrognai aussi sec sous le regard attristé de Dylan. J'avais très mal vécu la disparition de Nathan, sept mois auparavant, que je prenais comme une trahison. J'avais risqué ma vie pour l'aider au mieux, même si je n'avais pas de pouvoirs, et lui il avait simplement vidé son appartement du jour au lendemain sans laisser une adresse où le trouver.

Bon, d'accord, j'avais passé outre sa volonté car je m'étais incrustée malgré sa désapprobation, mais tout de même ! Je pensais qu'à force, il m'aurait traitée comme une véritable amie...

Dylan caressa mes longs cheveux bruns pour me réconforter. Il semblait si désolé de m'avoir rappelé ce souvenir que je me sentis coupable de lui faire de la peine. Je me redressai donc sur ma chaise et lui souris.

— C'est rien, assurai-je. Je finirai bien par l'oublier, moi aussi.

— Qui ? questionna Amélie.

— Nathan, répondis-je.

Je leur avais parlé du déménagement soudain de mon exorciste sans entrer dans les détails. Elles avaient très bien vu, à l'époque, que j'étais déprimée alors j'avais justifié mon état comme j'avais pu.

— Tu as réessayé de l'appeler ? me demanda Sadia.

— Pas depuis trois semaines et je suis tombée sur son répondeur, encore. Au moins il n'a pas changé de numéro de téléphone...

— Mais il ne te répond pas, compléta Amélie.

— Je crois que j'aurais préféré qu'il change de numéro, avouai-je d'une voix faible.

Mon vague à l'âme soudain ôta tout charme à mon chocolat chaud. À coup sûr, il me semblerait moins savoureux.

— Et Michaël, tu le vois toujours ? s'enquit Sadia.

— On boit un verre ensemble régulièrement.

Michaël avait oublié ses sentiments pour Nathan en même temps que Nathan lui-même et il semblait totalement avoir refoulé son attirance pour les hommes. Il était redevenu le Michaël que j'avais retrouvé neuf mois auparavant. Enfin, presque, vu qu'il n'avait pas renoué avec Clara. Il se rappelait l'avoir larguée même si les détails lui échappaient. Il était mieux tout seul, c'était ce qu'il retenait de l'histoire et c'était largement suffisant.

Un soupir las m'échappa au souvenir de tout ce que nous avions vécu et qui s'était arrêté du jour au lendemain. J'avais l'impression d'avoir perdu une partie de ma vie, la plus passionnante. Avec Nathan, on s'était beaucoup inquiétés, on avait pas mal eu peur – surtout moi – mais on s'était tous tellement rapprochés. Grâce à lui je pouvais me blottir dans les bras de Dylan, Michaël et moi nous voyions régulièrement, souvent pour rien sinon pour le plaisir d'être ensemble. Avec son départ et les dangers de sa vie, notre amitié n'était plus mise à l'épreuve. La présence de chacun était acquise au point de nous faire oublier qu'elle était une chance que nous devions préserver et entretenir. Il n'était plus là pour nous rappeler qu'une existence ne se compte pas en grands moments mais se vit à chaque instant.

Amélie et Sadia nous abandonnèrent quelques minutes, le temps d'aller se rafraîchir, nous laissant Dylan et moi libres de parler sans entrave.

— Ça me manque, confessai-je soudain. Ce qu'on vivait avec Nathan et cette idée qu'on était prêts à tout pour vivre, pour protéger les autres.

Dylan déposa un baiser réconfortant dans le creux de mon cou :

— La vie trace sa route sans nous attendre, à nous d'accepter les changements qu'elle impose et de faire avec.

— Ouais... T'as raison.

— Tu devrais boire ton chocolat, il va être froid, me conseilla-t-il dans l'espoir, je le savais, de focaliser mes pensées sur autre chose.

Il avait raison, je devais arrêter de ressasser le passé pour me concentrer sur le présent. Mes amis étaient encore là, je comptais bien profiter d'eux au maximum. Cette idée en fit naître une autre.

— Au fait, les filles, les interpellai-je dès qu'elles revinrent s'asseoir. Demain soir on tourne dans le cimetière de la Gloire, ça vous dit de venir ?

— Le cimetière n'est pas fermé le soir ? demanda Sadia.

— On a demandé une autorisation à la mairie, renseigna Dylan. On a le droit d'y rester jusqu'à vingt-deux heures.

— Qu'est-ce qu'on irait faire dans un cimetière en pleine nuit ? questionna Amélie.

— Se faire peur ! répondis-je avec entrain.

— Scooby-Doo, sors de ce corps, répliqua Sadia sur un ton léger.

— En fait j'ai plus l'impression que Donna est un mélange entre Fred et Scooby, non ? s'interrogea Dylan. D'un côté elle est attirée par le danger et d'un autre c'est la pire des froussardes.

— Hé ! Je suis pas froussarde, contrai-je. Je suis juste plus sensible à la peur que la moyenne.

— Mais tu es aussi plus têtue que la moyenne, ajouta Amélie, un grand sourire aux lèvres.

En temps normal, c'était vrai. Pourtant j'avais aussi mes limites. Des fois, moi aussi je baissais les bras, comme avec Nathan. Je n'avais plus la force de l'attendre, de le guetter à chaque coin de rue ou sur la place Saint-Sernin. Je devais me rendre à l'évidence : il me fallait tirer un trait sur lui.

CHAPITRE 2

Michaël – Le petit archange

Je remontai le col de ma veste pour protéger ma nuque du vent tandis que je traversais le boulevard Lazare Carnot d'un pas tranquille. Puisque la température était clémente, j'avais décidé de marcher un peu jusqu'à chez Donna histoire de l'inviter à boire un verre. Ces derniers mois, nous nous étions vu principalement en ville, ça faisait donc un bail que je n'étais pas allé chez elle.

Je bifurquai à gauche afin de m'engager sur la rue du Sénéchal, venelle étroite bordée d'immeubles de deux étages en briques rouges. Là, j'entrai par une porte sombre puis grimpai l'escalier en colimaçon jusqu'à l'appartement, situé sous les combles, à la porte duquel je frappai. Le studio étant minuscule, je n'attendis qu'une fraction de seconde avant que Donna vienne m'ouvrir. Elle me sourit à pleines dents tout en se pendant à mon cou comme à son habitude. Elle avait dû être un chat dans une autre vie pour aimer autant les câlins, y'avait pas d'autre explication possible.

225

Une fois libéré de son étreinte, je l'invitai à se promener, ce qu'elle accepta sans délai. Elle attrapa sa veste et me suivit après avoir verrouillé sa porte.

— On va où ? me demanda-t-elle lorsque nous fûmes sur le trottoir. On pourrait se poser place Wilson. Ou si tu m'aimes vraiment on peut aller au Capitole...

Je l'écoutais d'une oreille distraite. Une étrange intuition attira mon attention vers la rue du Taur comme si quelque chose que j'avais oublié s'y trouvait et m'attendait.

— Et si on allait plutôt du côté de Saint-Sernin ? proposai-je.

— Au George & Dragon ?

— Pourquoi pas, ça fait une éternité que j'y ai pas mis les pieds.

Puisqu'on était d'accord, on se mit en route. On rattrapa la rue du Taur qu'on remonta jusqu'à la basilique avant de prendre la rue Émile Cartailhac donnant sur la place du Peyrou où se trouvait le bar. Mais en plein milieu du chemin, un immeuble sur ma gauche attira mon attention au point d'arrêter mon pas.

J'étais déjà venu ici, non ? L'endroit me disait vaguement quelque chose mais impossible de mettre le doigt dessus.

— Michaël, ça va ? me demanda Donna d'un air inquiet.

Je lui accordai un bref regard avant de reposer les yeux sur le bâtiment.

— Ouais, c'est... On n'est pas déjà venus là ?

Elle hésita avant de répondre par la négative. Pourquoi elle avait hésité ?

— Tu connais cet immeuble ? questionna-t-elle.

— Je crois.

Je jetai un coup d'œil à droite et à gauche avant de me diriger vers la porte d'entrée.

— Bouge pas, je reviens, lançai-je à mon amie.

Naturellement, Donna m'emboîta le pas. Elle me suivit sans dire un mot tandis que je montai dans l'ascenseur et que j'appuyai machinalement sur le bouton du quatrième et dernier étage. Lorsque les portes coulissantes me livrèrent passage, je suivis le couloir avant de m'arrêter devant la seule porte du niveau. Debout face au battant clos, un étrange sentiment de déjà-vu m'étreignit. Instinctivement, je baissai la poignée, certain que la porte n'était pas verrouillée, et j'eus raison. Je repoussai le vantail et entrai dans un appartement vide. Je m'avançai au milieu de la grande pièce de vie avant de faire un tour complet sur moi-même.

J'étais déjà venu ici.

— Qu'est-ce qui t'arrive, Michaël ? me demanda Donna.

Le timbre chevrotant de sa voix m'interpella. Je me tournai vers elle et la découvris prête à pleurer. Pourquoi ?

— Tu sais qui vivait ici ? questionnai-je.

Elle hésita encore avant de répondre par la négative.

— Et toi ? ajouta-t-elle.

— Je... Je ne sais pas. En fait, à chaque fois que je te vois j'ai l'impression d'avoir oublié quelque chose d'important sans pour autant savoir quoi, mais c'est la première fois que c'est aussi fort.

Ma confession sembla la gêner.

— C'est peut-être rien, me dit-elle du bout des lèvres. On devrait pas être ici, on est chez quelqu'un sans son autorisation, ce n'est pas bien.

Sur cette déclaration, elle tourna les talons et s'en alla, me laissant totalement perdu quant à ce qu'il venait de se passer. C'était comme si elle savait quelque chose que j'ignorais.

J'avais déjà remarqué des choses étranges au début du printemps. Ça avait commencé lorsque le psychiatre que j'avais vu étant ado m'avait envoyé un texto me rappelant un rendez-vous que je ne me souvenais pas avoir pris. Puis lorsque j'avais revu Tristan et Kevin, mes deux potes, ils m'avaient reproché de ne pas avoir donné de nouvelles pendant deux mois. Mais le plus étrange avait été la discussion que j'avais eue avec ma mère au sujet d'un garçon au chevet duquel je me serais rendu à l'hôpital. Quand elle avait compris que je ne voyais vraiment pas de quoi elle me parlait, elle avait abandonné en me disant d'oublier car ce n'était pas grave.

Seulement ça, je ne l'avais pas oublié.

Puis il y avait Donna. À chaque fois que je passais du temps avec elle je ne me sentais pas à l'aise, peut-être incomplet, comme si on m'avait pris une partie de ma vie contre mon gré, comme si mon inconscient tentait de se réapproprier ce bout de moi au prix d'une lutte intense avec ma conscience.

Qu'est-ce qui s'était passé durant ces deux mois où Tristan et Kevin ne m'avaient pas vu ? Je savais que j'avais repris contact avec Donna à cette période, juste après la signature de mon CDI mais pour le reste, c'était le trou noir. Le néant complet. Et je n'avais aucun moyen de faire la lumière sur des choses que j'avais oubliées. En tout cas pas sans aide.

**

Donna – Étudiante en peine

Il me fallut l'air frais de l'extérieur pour calmer le feu de ma gorge. Revenir dans l'appartement de Nathan après tout ce temps avait fait ressurgir tous les sentiments que je m'évertuais à enterrer depuis sept mois. Et à en croire Michaël, ça faisait remonter les siens aussi. Cela voulait-il dire que mon pouvoir surpassait les potions des sorcières ? Ou que les sentiments de Michaël à l'égard de Nathan étaient si forts qu'aucun envoûtement ne pouvait les faire disparaître complètement ?

Je ne savais pas du tout. Mais si j'étais réellement capable d'attirer la chance et que Michaël était celle de Nathan, alors mon pouvoir finirait par les rapprocher, c'était inévitable.

Cette pensée ne me quitta pas même lorsque mon ami me rejoignit enfin. Il ne dit rien, ni sur l'appartement ni sur mon trouble évident. Je décidai donc de faire comme si rien n'était arrivé et repris

mon chemin vers le café. Il me tardait le tournage
au cimetière ce soir, ça me changerait les idées.

CHAPITRE 3

Donna – Étudiante en recherche de lumière

— Azzam, tu pourrais braquer la lampe par ici s'il te plaît ? requerrai-je en haussant la voix pour me faire entendre malgré le vent d'autan.

Mon camarade obéit et une fois la torche tournée vers moi, je pus retrouver le caillou tenant mon découpage technique laissé à l'abandon sur une tombe.

Le cimetière de Terre Cabade possédait des allées goudronnées sillonnant les différentes sections, mais entre ces grands chemins les tombes étaient collées les unes aux autres, laissant parfois à peine assez de place pour déambuler à pied. En pleine nuit, la progression n'était pas évidente à cause d'un sol inégal où de petites dalles de béton côtoyaient du gravier sur des passages larges parfois de trente centimètres à peine. Nous avions eu des difficultés à installer le matériel alors même que nous étions venus avant le coucher du soleil, je remerciai donc les parents de Dylan de nous avoir dégoté une steadicam semi pro pour l'occasion. Grâce à ce

231

stabilisateur de poing, j'aurais plus de facilité à suivre les comédiens dans ce labyrinthe de tombeaux anciens tout en obtenant une image relativement stable sur mes *travelling*. La classe pour un court-métrage amateur !

Une fois l'équipe technique et les comédiens en place, Azzam fit entendre le clap qui donna le départ de deux heures de tournage.

Les puissantes rafales du vent d'autan nous poussèrent à arrêter le tournage un peu avant vingt-et-une heure trente. Nos zombies vêtus de vêtements déchirés commençaient à geler sur place et nous avions du mal à nous entendre avec ce vacarme ambiant.

Tandis que les comédiens s'habillaient chaudement et que je m'occupais de ranger la caméra, je crus entendre un sifflement se mêler au gémissement du vent. Intriguée, je suspendis mon geste un instant et tendis l'oreille. Rien. Persuadée que c'était le fruit de mon imagination, je repris ma tâche. Amélie et Sadia nous aidèrent, Dylan, Azzam, Thibaut, Julie et moi à plier le reste du matériel afin de le charger dans le monospace de mon petit-ami, garé dans la grande allée la plus proche.

La personne responsable de fermer le cimetière nous pressa tant et si bien qu'une fois installée dans la voiture de Dylan, je me rendis compte que mon découpage technique était resté prisonnier sous son caillou. L'idée d'aller déambuler seule entre les vieilles tombes me hérissa le poil d'effroi. Je jetai donc un regard implorant en direction de mon copain.

— Quoi ? demanda-t-il, suspicieux.

— J'ai oublié mon découpage technique. Tu m'accompagnes le chercher ?

Dylan fit la moue.

— Allez, je te donnerai un croque scooby, repris-je en souriant à pleines dents.

L'argument le fit rire. Je ne savais pas si c'était un bon ou un mauvais signe. Dylan attrapa alors sa lampe torche avant de descendre de voiture. Heureuse, je l'imitai. J'expliquais mon oubli à l'homme chargé de fermer le cimetière qui souffla d'agacement mais qui s'abstint de tout commentaire. Il nous signifia simplement qu'il nous attendrait à l'extérieur de l'enceinte. Mes camarades ainsi que Sadia et Amélie rentrèrent chez eux sans nous attendre, ce n'était pas la peine de les retenir pour quelques bouts de papier.

Collée à Dylan, ma lampe braquée sur le sol, j'avançais sur le chemin étroit en essayant de ne pas me prendre les pieds dans les dalles déchaussées. Le vent soufflait tellement qu'il me semblait sentir le sol trembler par moment. C'était super flippant ! Nous arrivâmes vite près de la tombe où mon découpage technique était malmené par les puissantes rafales. Avant d'enlever la pierre qui le retenait, je saisis fermement le papier, puis je calai ma lampe entre mes dents. Au moment où je posai la main sur le caillou pour l'enlever, quelque chose de dur m'agrippa le poignet et me fit sursauter.

Quand je baissai la tête pour voir ce que c'était, le faisceau de ma lampe éclaira des doigts squelettiques. Je hurlai de terreur en dégageant mon bras tandis que ma lampe se fracassait par terre. Sans lâcher mon découpage technique, je saisis Dylan par le bras et, avant qu'il ait pu demander quoi que ce soit, je me mis à courir en le tirant derrière moi.

— Donna, qu'est-ce qui…

La veste de mon petit-ami m'échappa quand Dylan chuta dans mon dos. Je fis volte-face, le cœur battant à tout rompre et le souffle court, pour voir mon copain en prise avant un squelette à moitié sorti de terre. C'était dégueu ! Malgré ma révulsion et ma peur, j'attrapai le premier vase à ma portée et le lançai de toutes mes forces sur le mort-vivant. Dylan parvint à se dégager. Il se releva d'un bond et détala en même temps que moi. Poussés par l'effroi, nous rejoignîmes vite la voiture dans laquelle nous nous enfermâmes. Mon copain démarra aussitôt sans même un regard en arrière. Encore essoufflée, je regardai dans les rétroviseurs mais ne vis rien. Comme si nous avions rêvé.

En sortant du cimetière, Dylan s'arrêta le temps que l'employé municipal ferme les grilles sous notre surveillance. L'homme remonta ensuite dans sa voiture et ce fut soulagés que nous reprîmes le chemin de mon appartement.

Quelques secondes de silence nous permirent de retrouver nos esprits et d'analyser ce qu'il venait de se passer. J'osais à peine aborder le sujet tant je doutais de ce que j'avais vu.

— Y'avait bien des morts-vivants, n'est-ce pas ? me demanda alors Dylan.

Lui non plus ne parvenait pas à se convaincre que c'était arrivé. Nous connaissions l'existence des sorcières et des démons mais nous étions loin d'imaginer que les zombies existaient aussi. Quel autre monstre de nos légendes était réel ? Les vampires ? Les loups-garous ? Les croque-mitaines ? J'en frissonnai d'effroi.

Je n'avais jamais demandé à Nathan de me parler de l'autre monde tant j'avais été focalisée sur lui et sur mon envie de l'aider. Je m'apercevais à cet instant que sans connaître l'univers surnaturel, je ne pourrai jamais réellement lui être utile.

— Donna ? m'interpella mon petit-ami que mon silence inquiéta.

— Oui, c'était des morts-vivants, confirmai-je.

— Comment c'est possible ?

— Je ne sais pas du tout, avouai-je à contrecœur.

— On devrait appeler Nathan.

— Pour quoi faire ? Il ne décroche jamais.

— Alors on lui laissera un message. Il doit savoir. Je ne suis pas un spécialiste mais quelque chose me dit que ce n'est pas tous les jours que les morts sortent de terre.

Je saisis mon smartphone et le fixais en silence. Dylan avait raison, seul Nathan serait en mesure d'agir. Nous, nous ne pouvions rien faire. J'accédai à mes contacts et appelai mon exorciste. Après quatre sonneries, le répondeur prit le relais. J'attendis le *bip* avant de laisser un message expliquant ce qu'il s'était passé, en précisant l'heure et l'endroit afin qu'il puisse enquêter. Une fois mon message terminé, je raccrochai sans un au revoir. Je ne le reverrai jamais de toute façon.

— Voilà, annonçai-je d'une voix amère.

Dylan posa une main compatissante sur ma cuisse. La chaleur de sa paume me mit du baume au cœur.

— Je suis sûr qu'on finira par revoir Nathan, me confia Dylan.

— Et comment ? demandai-je. À moins qu'on enquête sur les zombies...

— On commencerait par où ? J'y connais rien en cadavres vivants.

— Moi non plus.

Malgré moi, je me mis à croire à l'affirmation de Dylan. À chaque fois qu'il se passait quelque chose d'étrange dans ma vie, mon exorciste n'était jamais loin. Cela faisait sept mois que rien n'était arrivé, puis voilà que ce soir tout semblait se remettre en route comme si la pause avait assez duré. Peut-être avait-elle était nécessaire pour chacun de nous ? Cette trêve nous avait sans doute permis de faire un point sur nos sentiments et de comprendre ce que nous voulions vraiment. Moi, je voulais aider Nathan à ma hauteur, parce que je voulais tenir les démons loin des gens que j'aimais.

À SUIVRE.

DU MÊME AUTEUR

Le Choix de la Gargouille
Auto-édition

Réédition : juillet 2016

Un rêve peut-il être le début d'un cauchemar ?

Nous sommes tous uniques à notre manière, pourtant certaines personnes le deviennent plus que les autres. C'est ce qui m'est arrivé au crépuscule de mes 17 ans, un jour à Paris, ville que je visitais pour la première fois avec ma meilleure amie.

Au pied de Notre Dame, j'ai plongé la tête la première dans un univers surnaturel où anges et démons côtoient vampires et sorcières. Un monde dans lequel couve une guerre dont je semble être un pion indispensable placé dans la partie par le Créateur lui-même. Sans savoir s'Il gardera la main ou non. Et s'il la perd, qu'adviendra-t-il de toutes ces vies lorsque'Il ne sera plus le seul à décider ? Mes seuls choix suffiront-ils à les sauver ? Ou faudra-t-il pour cela la force d'amours incommensurables capables d'effondrer les lois divines ?

Je suis la Gargouille.
Et je ferai plier Dieu.

RÊVE
Auto-édition

Sortie : 29 avril 2014

Après un accident de moto, Maxime, vingt-trois ans, se retrouve paralysé des deux jambes. Lui qui n'avait vécu que pour son amour du trial va devoir tout rapprendre, jusqu'au goût de la vie. Mais comment y parvenir quand plus rien n'a de saveur ?

De retour dans la maison de son enfance perdue dans les Pyrénées ariégeoises, il ruminera la solitude et les affres de la trahison, jusqu'au jour où sa mère lui rapportera un étrange pentagramme. Un charme ...nd-mère censé appeler le bonheur ; mais sous quelle forme ?

« Un rêve, c'est comme un avion en papier : il suffit d'une brise pour qu'il nous échappe. »

En manque d'air
Auto-édition

Sortie : 18 septembre 2016

Siana et Michaela sont deux amies réunies par leur souffrance passée. À travers deux nouvelles, découvrez comment chacune a pansé ses blessures.

Je me noie

À vingt-cinq ans, Siana n'a connu que l'obésité morbide. Au bord du gouffre, elle tente la dernière chance et subit un rétrécissement de l'estomac par acte chirurgical. En retrouvant un poids normal, elle pensait pouvoir faire la paix avec son corps... mais son passé a laissé des séquelles aussi bien physiques que psychologiques. Elle ne s'aime pas. Le regard de Bastien, frère cadet de Michaela et photographe, pourrait bien changer sa vision d'elle-même.

Oxygène

Michaela, alias Miki, est un ancien mannequin de vingt-huit ans. Belle, aisée et épanouie, elle aime sa liberté plus que tout.

Lorsqu'elle rencontre Raphaël, vingt-deux ans, smicard et père célibataire, elle est loin de se douter que leurs univers si différents, au lieu de se heurter, pourraient bien se compléter.

Imprimé par Amazon.com
Achevé d'imprimer en
Septembre 2017
EAN : 9791096365050
Dépôt légal
Septembre 2017